Lore Kindler, D'r Spätzlesschwob

Lore Kindler

D'r Spätzlesschwob

Gedichte in
schwäbischer Mundart

Verlag Karl Knödler
Reutlingen

3., erweiterte Auflage

Printed in Germany 1989
Umschlag-Zeichnung: Hans Helferstorfer
Herstellung: Druckerei Harwalik KG, Reutlingen
ISBN 3-87421-109-6

Schwäbische Übersetzung

A schtändicha leichte Reibong, des hoißt fitschla,
wenn d' Fenger noch dr Kälte warm wean,
des isch bitzla.
Wenn oiner viel onterweags isch, dear tuat schwanza,
wenn ebber en dicka Bauch hot, desch a Ranza.
Zom Brotaschnitt saget mir Knäusle oder Ribele,
a kleis Quantum uf'm Löffl isch a Schübele.
Heult oiner arg, dear tuat plarra,
wenn ebbes quietscht, des tuat garra.
A graoß Schtück Brot isch a Ranka,
zom Gnick saget mir Anka.
Was vo dr Nas rakommt isch Rotz,
zor Schmiere saget mir Schmotz.
Sich fei herrichta hoißt schniegla,
ebbes vorschlieaßa isch vorriegla.
Obholfa sei isch grobelich,
läßt oiner oina sitza, dear läßt se em Schtich.
Em Wasser planscha isch läppera,
mit ama Schpielzeug rüttla isch schättera.
Isch a Weib beweglich, dui isch wuselich,
isch oina net gwitzget, dui isch dubelich.
Schtecknodla send bei os Glufa,
a gwißer Ausschlag, des send Rufa.
Burra sait dr Schwob anschtatt Beule,
a Pferd, des isch bei ehm a Gäule.

A bißle, desch a Hedderle,
bei manche au a Kletterle.
A Schparsamer, desch a Knauser, dear isch bheb,
tuat oiner langsam, dear tuat schtät.
Fascht bohra, fascht scharra, so ähnlich isch grubla,
dean zwee sich balga, dia dean buabla.
A Schtückle isch a Schnipfele,
a Punkt, des isch a Dipfele.
Isch ebber net reacht, dear isch meschugge,
dr Schpeichl nennt dr Schwob au Schpucke.
Isch's ema Viehch net wohl, des tuat maudra,
vor Schrecka tuat mancher schaudra.
Zom Taucha saget mir donka,
oreachte Männer send Schonka.
Uf ebbes rombeißa, kaua, des isch knaifa,
zo de Zopfmascha saget mir Hoorschlaifa.
Ufdonsa isch ufpfiesa,
Leibesvisetatzio isch ausviesla.
Oguat hoißt bei os schofl,
aber Bergschpitza send bei os net Kofl.
Wenn ebbes net so reacht gedeiht,
desch vorbuttet bei de Leut.
Klebschtoff, des isch bei os Bäbb,
Halbdackl saget mir anschtatt Depp.
Erbrecha hoißt ganz schlicht kotza,
net schee gucka, des isch glotza.
Isch ebbes z' kurz on z' eng, desch bschnotta,
gar kocht isch soviel wia gsotta.

Betroga hoißt oifach bschissa,
sottet Ihr manches jetzt net wissa,
de Zuazogene dürfet bloß d' Kender nauslau,
dia tätet d' Schproch am schnellschta vorschtau;
vo deana learnet d' Erwachsene mit dr Zeit, –
weil des bald echte Schwoba geit.

D' Muatterschproch

I schwätz schwäbisch wia mei Muatter,
wia dr Vadder, wia dr Bruader,
wia d' Dota, d' Ahna on dr Ähne,
manche moinet – altbacha bene.
I aber be fescht überzeugt,
mr därf d' Soata net überschpanna wenn mr geigt
on schwätza wia mr's gwöhnt isch halt.
Wursch net vorschtanda, des merksch bald,
en deam Fall ka mr's anderscht brenga,
weil des tuat os au no glenga,
do send mir net z' domm dazua,
des machet mir en äller Ruah.
Bloß kommt oiner woiß dr Herr wohear,
deam fallt oser Schproch schau schwer;
laß dean Pfloatscha, mach nora on kreabsla saga,
dear tuat's a zweits Mol nemme waga.
'r braucht's au net, neamert word zwonga,
'r sieht bloß glei, daß oser Zonga
au akrobatisch isch – halt net so schnell.
Mir dean natürlich en älle Fäll
bei jedem sei Muatterschproch akzeptiera,
weaga deara braucht sich koar scheniera,
do send mir doch ganz tollerand, –
mir aber schwätzet schwäbisch en jedem Schtand.

De Heiliche

D' Nama vo de Heiliche on manche Lostäg
hen d' Leut früher bhalta,
jetzt wisset's bloß no a paar Alta.
Se hen d' Wetterregla danoch gmacht
on Sonnwendfeuer en dr Nacht.
De Heiliche drei Kenich send glei em Januar,
d' Lichtmeß, des war jedem klar, –
do hen Denschtbota gwechslt ihr Schtell,
am Morga war's schau a Schtond bälder hell.
George isch em April, des woiß i gwiß,
ab do hen dürfa koine Gees meh uf d' Wies.
Em Mai isch Pankratz, Servatz on Sophie de kalt, –
drom send des de Eisheiliche halt.
Johanne, Siebaschläfer on Veit,
dia's älle no em Juni geit.
Au kommt no dr Peter on Paul
on dia, wo zom Schnaifega z' faul,
vorlasset sich ganz on gar do druf,
weil dia zwee romet ohne Schnaischippa uf.
Em Juli dr Jakobe-Apfl kracht,
em Auguscht isch Bartholomäusnacht.
Da Pacht hot mr an Martene zahlt,
am Andreas abonzua a Eisbloam schtrahlt.

No schtellt mr Barbarazweig en d' Vasa nei,
bis Weihnachta sollet Blüata offa sei.
No kommt oiner em Kalender,
dean wisset sogar au no d' Kender,
des isch dr Heilich Nikolaus, –
dr Stephanstag on Silveschter machet's Johr voll aus.

Koi Bleibe

Baua – eizieha – glücklich sei,
noi mr tauschet 's Häusle ei;
auszieha – eizieha – voller Freud,
mr hen guatgmacht wia mr sait.
A anders Haus isch wieder foal,
mr braucht vo deam do bloß en Toal;
auszieha – eizieha – mit Vorgnüaga,
wia oft dean se no omziehaga?
A paarmol no, no war a Ruah
on se saget schtolz dazua:
»niamols henter dr Bettlad dahenna,
hosch bei os kenna a Schpennaweb fenna«.

Dr Leib on d' Glieder

Dr Schwob kennt sich aus an seim Leib,
des isch dr Körper bei andre Leut.
Bei os hoißt's net Wanga, mir saget Backa –
hen aber desweaga no lang koi Macka.
Bei os hoißt's net Mund, mir saget Maul –
ob's bei ma Kend isch oder beim Gaul.
Goscha isch a gröbers Wort,
mr hört's au oft no saga
überall hia, do on dort
hoißt's net da Mund vorschlaga.
Mir saget au net Popo,
des tät os ganz mißlenga,
mir saget wia dr Götz vo Berlichenga.
Mir hoißet da Kopf aber Kopf on net Grend,
weil mir koine Bayra send.
Schädl saget mir selta,
des kommt bloß vor em Schelta.
Mir wisset wohl, daß Fersa geit
on Knui, Schenkl on Wada,
doch sait koiner: »I tua meine Beine bada«.
So führt dr Schwob sei oiges Gschpräch,
do ganget d' Füaß bis nuf ens Gmäch.

Dr Geolog

Wenn’s uf dr Markong Erdbewegong geit,
isch au dr Geolog net weit.
’r grublt, schtiert mit Kennerblick,
vorsetzt sich om Johrhondert zrück.
’r hot Geduld on Fanthasie,
schtoht em Boda bis an d’ Knie –
zom Raupafahrer a Gegasatz,
dear fahrt druf los, sieht’s net als Schatz.
Schtellt ’r a einschticha Behausong fescht,
– ’r fend vielleicht Holzkohlarescht –
woiß ’r glei om welche Zeit
domols gleabt hen, do dia Leut.
An Scherba, dia wo typisch send,
do hot dear Ma a Freud,
a Schwert oder a Messerheft,
des isch a Seltaheit.
Meh arme Leut hot’s ghet
on reiche Fürschta waret rar,
viel isch em Lauf vo de Johrhondert
zerschtört worda, – des isch au klar.
Dr Geolog ka Schlüss zieha,
manchs wüßt mr ohne dean Ma nia.
Do, wo’s Wasser hot on Lehm,
war ’s Baua emmer angenehm.
’s war au a Leaba voll Sorga on Tücka,
d’ Leut hen sich wia mir – halt au müassa schicka.

D' Schtroßa

Noch graoße Kenschtler wean d' Schtroßa benannt
oder noch deam, dear ebbes erfonda hot em Land.
Au Bloamaschtroßa geit's ällerloi,
noch de Vögl hoißet meh wia zwoi.
's geit au en Haufa Gässla no,
dia hot no tauft de letscht Generatio.
A Hentera, Mittlera, Graoßa on Kleina,
a Hadergass hen mir no oina;
worom dui wohl so hoißa tuat,
waret do d' Leut mitnander net guat?
A Almet geit's no em alta Revier
on Ortsausgangsschtroßa a Schtuck vier,
dia müasset se vielfach ombenenna,
durch d' Eigmeindong do liegt des drenna.
Aber meischtens muaß au a Schulthes weicha,
no krieagt dear als äußers Zeicha
noch ehm benannt en Schtroßazug –
's isch au net meh als Reacht on Fug.

Dorfsanierong

Em Flecka dren oms Rothaus rom
send d' Schtroßa eng on send au kromm,
johrhondert war des älles reacht –
fürn heuticha Vorkehr sei's schleacht.
Drom word saniert noch neuschtem Pla.
Häuser on Schuira kommet dra,
dr gröschta mit'am Schtorchanescht,
deara gean se zerscht da Rescht;
mit Hohlzieagl war dui Schuira deckt,
se wär no lang net vorreckt,
weil net zom Omfassa hot's Bälka dren ghet,
vorzapft isch se gwea, dr Firscht on au d' Wed.
Druf word a Baurahaus dragnomma,
dr Bauer tuat schau Wocha roma;
älles keit ehn, 'r läßt nex dahenna,
am lieabschta tät 'r äll Tag flenna.
Was net niet- on naglfescht isch muaß weg –
'r woiß, d' Raupa fahrt nei, wia d' Heaner en Dreck.
Au 's Wirtshaus Rößle muaß no weicha
on äll dia Rentner schtandet na,
send wehmüatich ensichkehrt.
Oft hen se dort a Gläsle gleert
on gsonga dren wia d' Schtora,
's hot koiner wölla nora
bis taget hot oft en dr Fruah –
's Rößle des hot jetzt sei Ruah.

Em Erdboda gleich isch älles jetzt,
mr frogt sich bloß no zguaterletscht,
ob mr ebbes profitiert?
D' Leut hot dear Abruch mächtich grührt.

De gleich Farb

Dr Moscht, dear hot no mächtich gjeschtet,
no hot ehn schau dr Frieder teschtet,
'r war schau schtark aber no süffich;
dr Frieder, dear jo sonscht so pfiffich,
hot ois tronka übern Durscht, –
d' Kender on 's Weib hoißt 'r a Burscht.
Aus Zorn hot a Jonger en Moschtkruag neibronzt, –
no hot s' dr Frieder erscht reacht gschlaga on ghonzt.

’s Erb

D’ Mitteilong isch komma per Poscht,
dean weitläuficha Vorwandta häbs Leaba koscht,
’r hätt aber gschrieba en seim Teschtament,
daß sia au bei de Erba send.
Vor Freud on au vo lauter Schreck
blieb ehna älle d’ Schpucke weg.
»Mir on a Erbschaft – wonderbar!
wo doch ’s Geld isch emmer so rar.
Oin Wonsch i jedem do erfüll,
i muaß bloß wissa, was ’r will«,
sait dr Großvadder, dear hot am meischta z’ saget
on d’ Köpf no über dean Brieaf neiraget.
D’ Enkel waret bescheida on aschpruchslaos
on deamnoch au dia Wensch net graoß.
Trudl, dear Fatzge kommt uf a Sonnabrilla,
de andr will a Schirmle on a Hülla,
de Ältscht hot deekt, se heiratet bald,
en Milchhafa hot se wölla mit äller Gwalt
on dr Bua, i glaub des könnet ’r net ahna,
dear hot bloß wölla zwoi Pfond Banana.
Se hen sich weiterhin fescht an da Großvadder ghalta
on ewich dui Erbschaft em Gedächtnis bhalta.

Musik

Voreisjubileom – Sommerfescht,
eiglada send ausländische Gäscht;
en Trachta, Uniforma, en bsondre Gwänder
kommet se vo älle Herraländer.
D' Vorschtändichong isch miserabl,
kaum besser als einschtens zo Babl.
Doch schteahn d' Musiker uf zom Massachor,
's isch mäuslesschtill – älles isch Ohr,
d' Leut send beeidruckt, fasziniert,
wo älles zammamusiziert.
Musik kennt koine Schranka,
des send so dia Gedanka,
Musik isch grenzalos –
geit's ebbes scheeners bloß?

Dr Baßischt

Dr Bua will en Musikvorei,
’r moint, ’r sei jetzt nemme z’ klei;
’r hot Gelegaheit apaßt, –
sei Vadder war no net druf gfaßt.
’r horcht a Schtändle vom Vorei sich a,
do brengt ’r sei Absicht au an Ma.
En Baß hen se deam Bua mitgea, –
ihr hättet solla sein Vadder seah,
dear isch gschwend schtill worda on blaß.
»So a Monschtrom, – was en Baß?
dean graoßa Denger willscht du blosa,
bei de Feschtzüg traga durch d’ Schtroßa?
Du krieagsch en Bruch, dazua no en Kropf«.
D’ Muatter dauert dear arm Tropf.
Se sait: »Dia wo i kenn hen nex dergleicha«.
Dr Vadder tuat über d’ Hoor sich schtreicha,
»aber dauernd hen se en trockena Hals,
dia brauchet Flüssichs on koi Schmalz«.
D’ Muatter tuat en Schocha lacha:
»Deamnoch müascht du au Musik macha«.
Sei Tuba schpielt dear Bua mit Freud
on älles hofft, daß ehn’s nia keit.

Dr Wilderer

D' Jagd pachta war schau emmer a teurer Schpaß,
doch a armer ißt au gearn Fleisch vo ma Has,
au Reh- on Kitzlesfleisch 'r net vorachtet
on wenn 'r mit dr Schlenga danoch trachtet.
D' Jäger kennet da Wilderer on au ihr Wild,
was lauft em Wald, do send dia em Bild.
Drom word Polizei jetzt informiert,
daß mr da Dieb bald überführt.
Dear macht's ehna net leicht, weil dear sich net fürcht,
dear isch vom Wald a direkt en d' Kirch,
'r hot da Has en Bekannta naustraga lau,
on d' Polizei hot könna omsonscht ussa schtau.
A andermol bei Regawetter
hot's wieder pfupfert da Chrischtian Vetter,
dr Polizischt nemmt au Schtellong am Waldrand ei,
dr Beweis sott halt vorhanda sei.
Jetzt kommt dr Dieb raus mit leere Händ,
word wohl a falscher vordächtigt am End?
Bloß sein Schirm, dean hot 'r offa;
se send mitanander da Weag hoimgloffa, –
onter da Schirm vo ma Vordächtiga goht koi
  Polizischt, –
em oina sei Glück, sonscht hätt'rn vorwischt,
weil dear hot em Wald grocha Lonta
on hot des Häsle an d' Schirmschtäbla bonda.

Selbschtvornichtong

Was kasch essa, was solsch trenka,
wo muasch net an Giftschtoff denka,
Nahrongsmittl flüssich oder fescht –
sag mir oiner was isch 's bescht?
Kommt's vom Schpritza, kommt's vom Denga,
kommt's vom Auspuff vo dahenna,
kommt's vo de Schornschtoi, vom Kame –
wer macht oser Gsondheit hee?
A Labor sotscht selber hau,
vo dr Chemie ebbes vorschtau,
analysiera, was dren isch em Brota –
so aber müaßt mr emmer rota
on essa uf guat Glück.
Vom Wohlschtand doch, möcht koiner zrück
on wieder Selbschtvorsorger sei,
a Betrieble hau ganz klei,
selber krauta – nemme schpritza,
en dr Ernt so richtich schwitza,
mit'am Viehch uf's Feld nausfahra, –
wia könnt mr do da Treibschtoff schpara;
mit dr Gabl Mischt vorschproita,
manchem tät des au vordloita.
Was hot bloß brocht dear Ufwärtstrend,
daß mr trotz Überschuß no Sorga hend?

En dr Schmiede

Haua, Beila, Pfluagschar zom Schärfa,
Messer zom Schleifa, Segesa zom Dengla,
zom Schmied hosch älles brenga dürfa,
sogar für d' Birahoka d' Schtengla.
Dr Schmied hot Wagaräder ufzoga,
de kromme Migga wieder gradboga,
d' Gäul hot 'r bschlaga on Küah ausgschnitta
noch altem Brauch on Vädder Sitta.
Mancha Märra isch ehm komma ontern Hammer,
's war oft a Naut, schiergar a Jammer.
Dear, wo ufghebt hot, hot dürfa net dubelich sei,
weil no war dr Schmied au net grad fei.
Bei Regatäg isch en dr Schmiede arg viel gloffa,
dr halb Flecka hot sich do troffa,
's Neuscht hen se anandr vorzählt on Witzla gmacht,
mitanandr zärft on au oft glacht,
's Wochablatt hen se beinoh ersetzt
on mo isch dr Schmied on dr Ambosklang jetzt?

Am Bach

Gees on Eeda, groo, weiß, bont,
hen ersetzt oftmols en Hond,
mr hot's aber zo ebbes anders gnutzt;
se send en Bach, hen pfladert, badet on sich putzt,
em Bach send d' Fedra sauber worda,
zammagloffa send se en graoße Horda.
Des Bada isch ganz wichtig gwea –
dia Fedra hen Ausschteuerbetta gea.
Äll sechs Wocha hot mr's grupft,
en dr Legzeit meischtens überhupft.
Oft hot oine am Obed da Schtall net gfonda,
mir hen se gsuacht am Rankbach dronta;
für os Kender war des fei,
nex wia en des Wasser nei.
Em Schlamm bisch emmer tiafer gsonka,
zmol hosch könna dui Eeda vorlanga
on jedesmol hosch furchtbar gschtonka.
Au Blutegl hosch gsea an dr hanga,
's hot oim äls a bißle grauslt,
schnell bisch d' Böschong ufe gmauslt,
hosch de befreit vo deane Denger,
warsch halt domols zemlich jenger;
hoim on gwäscha on ens Bett –
dui Zeit vorgischt dei Lebtag net.

Nemme em Bild

Dr Oma tuat halt ’s Laufe waih,
se sieht bald vo dr Welt nexmeh,
bloß zom Feaschter guckt se naus,
beobachtet, was passiert oms Haus.
Schtoht do net a Laschtauto,
druf doba isch a graoß weiß Faß.
’s Leasa klappt no zemlich guat
mit’am schwächschta Glas.
»Weizamühle« liest se laut –,
on weil deam Deng se net reacht traut,
frogt se ihr Enkele, des schpielt grad fidel:
»sag, vorkauft dr Müller denn au Öl?«
Dear lacht no knitz, sait frei on frank:
»Oma, des isch doch a Brotmehltank«.
»Soo – sait se on isch ganz aweg –
kommt ’s Mehl denn nemme en de Säck?«.

Ölmaga

Rond 32 ar graoß isch a Württaberger Morga,
durch d' Realteilong hot mr do ghet Sorga.
Mr hot früher d' Äcker halbiert on gviertlt
je noch Kenderzahl on Vormöga,
se send dodurch emmer kleiner worda,
Ihr könnet's Euch deeka.
Au no Dreischpitz on Ograde send vorhanda,
bei dr erschta Landvormessong send se entschtanda.
Em Krieag war dr Abau noch Zelg nemme so schtur,
dia kleine Äckerla hen mir gnutzt zor Sonderkultur.
Dr Import vom Ausland isch nemma gloffa,
d' Leut hen selber Maßnahma troffa.
En de schtoiniche Burra hen se Flahs on Lensa gsät,
da Flahs hot mr rausgrupft anschtatt gmäht,
en dr Blüate war dr Acker hemmlblau,
weaga ma Schtoffbälle alloi hot mr's dau.
An ganz bsonders gschützte Laga
hot älles blüaht vo Ölmaga.
Beim Vorrupfa on Hacka do warsch gschonda,
am scheeschta han i 's Brecha gfonda.
Wenn dr Mohn reif gwea isch on dürr,
isch mr naus mit Schurz on Gschirr.
D' Ölmagaköpf hen kleppert en de Säck;
no hot mr's gmahla on greada durchs Sieb
on schnell gschtellt an a guats Vorschteck,
weaga dr Kontroll – net weaga de Dieb.

Aschlieaßend send mir en d' Ölmühle
mit ama Schlag,
meischtens am Obed, net bei Tag.
D' Muatter hot gsorgt, daß au für d' Vorwandtschaft
ebbes geit,
des hot se bis heut no net keit.

Bedenklich

Oser schwarza Miezekatz
schnurrt, miaut, barrt, macht en Satz;
wuselich isch des Viehchle schau,
jedes Wort tuat se vorschtau,
Mäusla brengt se dutzedweis,
zerscht vorhaltet se sich leis,
schleicht vors Loch, hockt lang dovor,
Geduld hot se, ja fascht Humor.
No brengt se's hear on hot a Freud
bevor se's zo de Jonge trait.
De Jonge barret damit selbviert,
gucksch do zua, no wursch vorwirrt
wia wenich wert a Leaba isch,
wenn des au bloß a Maus
on wenn da au heut no jong bisch,
amol do goht's halt aus.

Gfangenaentlassong en Malmsa (Malmsheim)

Hoffnong on Enttäuschong,
des liegt schtoibheb beinander.
Bei dr Akonft vo de Hoimkehrer,
jede Woch oder ällander,
hot mr's am oigna Leib empfonda.
Wonscherfüllong – Depressio.
Viele traget heut no Wonda,
dia an Vormißte deeket Johre schau.
Rengsrom vo jedem Flecka
hosch könna Leut entdecka,
dia uf da Transport hen passt.
Isch wohl a Agehöricher dronter,
dear dr Zug vorlaßt?
D' Begrüaßongsred hot ghalta Pfarrer Knäule
on Musik dui hot gschpielt dazua,
a Ewichkeit war des klei Weile,
bis gwißt hosch, schteigt 'r aus – dr Vadder oder Bua.
D' Nama hot oiner laut en d' Menge gschriea:
»Dr Ernscht isch do – dear isch vo hiea«.
Träna send do jedem gloffa,
de oina dean vo neuem hoffa,
de andre heulet wia Kend
vor Freud, weil se dahoim jetzt send.
Zmol isch aus – koar kommt meh a,
viel Froga bleibet offa.

Wo liegt begraba wohl sei Leib?
Hot doch a Kugl troffa?
oder isch ’r Hongergschtorba?
’s bleibt a ewichs Grübla,
on koiner Muatter kasch des Senniera vorübla.
Heut, wo i au Soldata hau,
ka i des om so meh vorschtau.

Dr Küahgottsacker

D’ Gmeindereform – des bleibt omschtritta,
wear guat gmacht hot, wear dronter glitta.
De oine lobet, de andre scheltet, –
on dia, vo deane zwee Ortstoil ebbes geltet,
send neulich gfahra durch Wald on Flur,
se hen anander gfoppt en oiner Tur.
Dr Hermann deutet uf an Ort,
»des war oser Küahgottsacker – dort,
des hen ihr Rennenger koin besessa, –
ihr hen au ’s daod Viehch emmer gessa«.
»Des isch jo grad, sait druf dr Helm,
Dommköpf hen sich früher bei os schau ausgmerzt,
do leabt heut bloß no Elite«, sait ’r beherzt.

Em Wandl dr Zeit

Bloß vom Seah, net vom Schaffa deekt mir d' Sichl,
d' Seagesa mit Worb hot schpäter benutzt dr
deutsch Michl.
Wo d' Mähmaschena komma isch war dui überleaga.
do han i müassa für d' Garba Schtrickla lega.
D' Sammlta hot mr armweis neiglegt,
dr Bauer hot aschlieaßend Garba bonda,
on älle hen sich mächtich gregt;
zmol isch mr gwea da Acker onta,
mr hot bota, glada on en d' Schuira gführt.
Uf oamol hot no ebbes Neuers exischtiert, –
d' Getreideablag on schpäter dr Bender,
des war a Sensatio – koi Leutschender;
mr hot müassa koine Schtrickla meh lega,
aber beim Eischtella hosch müassa deeka.
Wear hätt amol vo ma Mähdrescher troomt,
doch do brauchsch Schtücker, daß sich's lohnt.
Älles isch schneller ganga, hosch ghofft,
daß meh brengt,
doch so hot 's oine 's ander vordrengt.
Au Handwerker send zemlich eiganga,
vielfach hen d' Leut en dr Fabrik agfanga
on machet ällerloi am Band, –
bloß no dr Nama zeugt vo ihrem Schtand.
Soiler, Köhler, Kübler, Hechler, Blaicher, Weber
waret Selbschtändiche on ehrbare Schtreber.

Bei deane woißt bis jetzt no jedes Kend,
worom dia so en Nama hen.
Doch d' Nochfahra send beschtemmt vormiest,
wenn oiner ema Gschichtsbuach liest:
»Die Schlacht bei Döffingen« on ka Döffenga
nemme fenda.
Dui Reform isch a Ofug, des grenzt an Senda,
alte Dörfer neue Nama gea –
om d' Ahnaforschong isch bald gscheah.
So isch dr Wandl dr Zeit,
machet nemme älles mit Ihr Leut.

En Abrahams Garta

D' Gschwischter hen mitnander vorleabte Sacha
repediert,
's Ältscht sait, daß sui no da Haberbrei durchs
Sieb hot grührt,
em andra de alt Basa vom Oberdorf no deekt,
dui hot ehm emmer Hutzla gschekt,
dr Dritt erennert sich no an da goldna Hauzichtag
vo Ähne on Ahna, mit Kirchagang on Glockaschlag.
Bloß dr Kleischt ka net mitschwätza,
hoißt seine Brüader graoße Fetza,
'r krieagt en Zorn, a arga Wuat,
sei Gsicht isch hoaß on raut wia Gluat,
»koi Hauzich, koi Basa, nex han i gseah, –
mo be i domols denn bloß gwea?«

Z’ Märkt

Dr Märkt isch am dritta Medich em Monet
on des isch schau a feschta Gwohnet;
’s Volk wo Zeit hot goht do na,
ob Kendle, Weible oder Ma.
De oine sottet für da Haushalt ebbes hau,
dr andr braucht naidich wieder a Sau,
d’ Kender suachet Magabrot a ma Schtändle;
a Bauer kauft vielleicht a Rendle,
do word gfuggert om a Mark,
mir isch des Deng oft schiergar z’ arg,
bis dr Handschlag dr Kauf besieglt,
no word’s ufglada on da Ahänger vorrieglt,
dr Händler tuat’s en Schtall hoimbrenga.
De Erschte dean schau em Leewa senga.
No krieagt mr Glüschta noch ra Wurscht
on je noch Johreszeit au Durscht.
Ens Kreuz, en Hecht oder Rappa
tuat mr so gemächlich tappa,
mr word oft agschwätzt vo vorna on henta,
Bekannte froget noch’am Befenda.
An deam Tag kommt mr nemme arg ens Schwitza,
meischtens bleibt mr länger sitza.
Wochalang word wieder gschafft on zwergt, –
no ka mr dazwischa nei au uf da Märkt.

Dr Laibazeck

Dr Vadder war au, wia viel no – Soldat
on 's Mädle, sei Annale hot's gfonda so schad;
dr Vadder war gfühlvoll on emmer so fei,
d' Muatter muaß eaba schtreng zo ra sei.
Noch'am Hemmbeersammla em Wald
schtemmt ebbes net, merkt 's Annale bald,
se zwickt's, se beißt's on älles juckt,
d' Muatter sait: »Hear dr Hendra, daß mr guckt.
A Laibazeck so graoß wia Schtachlbeer, –
dear muaß raus, d' Pinzetta hear«.
's Annale jomert, gilft on grillt
je ärger daß ihr Muatter schillt.
No schtoht se na on sait druf promt:
»Dear bleibt dren bis dr Vadder kommt«.

(Der Vater ist gefallen und nie mehr gekommen)

Em Obst

Em Schwob sei Natzionalgetränk isch Moscht.
Für os Kender war des koi Troscht,
vo os aus hätt dr Vadder Tee trenka könna, –
no hättet mir net müassa ge Ufleasa renna.
Am Morga schau en äller Fruah
bisch mit'am Sack de Halda zua;
selbander send mr meischtens gwea,
oftmols hot's bloß a Schtemple gea.
Jakob-Lebl, Boskob, Davet, Sauter,
natürlich net no Äpfl lauter,
au Schweizer, -Nägeles -on Käppelesbira
hosch müassa em Wägele hoimwärts führa.
Dia send mosich gwea, toag, ja knauzich schier,
'soy hot ghoißa, mr braucht's wia d' Hefa em Bier.
Hosch müassa wacker laufa lau,
mit nasse Schuah on Füaß vom Tau,
daß net en d' Schual bisch komma z' schpot –
i wött's au probiera, ob des heut no goht?!

Gschempflt

Isch noch'am Wenter dr Früahleng komma,
d' Mucka hen agfanga somma, –
hosch koi Kend meh ghebt em Haus,
d' Schtroß nuf on d' Schtroß na hen se wölla naus.
d' Schtelza, d' Schneller, d' Schempflgschirrla
– irdene on aus Porzla –
hen se vüregruschtlt, no send se dra.
Se hen Kuacha gformt aus Dreck on Saad,
d' Schtelza hen se ghebt en dr Had.
Om d' Aoschtrazeit, do hen se au
Schtötzles on Messerschpickerles dau.
Se hen Schpiel gmacht mit on ohne Händl,
vom Kaiser on Graf on au vom Gsendl,
vo de raute Kirscha on machet auf das Tor
on des vom Morgaland mit deam Mohr.
Au Soal send Kender emmer ghopft
on zwischanei do hen se dopft.
Da Baal nufgschmissa bis en Keener,
dui Zeit war halt no viel, viel scheener;
Fleckaräuberles gschpielt, vo dr Schtroß de ganze
Kegl,
d' Hosa on d' Röck vorrissa an roschtiche Nägl.
Em Wenter send se – net zom vorgessa,
am Ofa en dr Schtuba gsessa.
De Ältere hen müassa Socka flicka,
mit dr Dogga schpiela tät sich nemme schicka.

Des Flicka isch mir wia a Schpitzgras gwea,
i han's halt no viel gearner gseah,
wenn's Schnai ghet hot so hauch wia Ma
on mr hot müassa macha Bah.
D' Bahschloipfa hot mr vo dr Gmeinde ghet,
ab isch ganga bei Eis on Weed.
Doch ovorfrora send mir uf'm Schlitta gsessa,
hen 's Sockaflicka ganz vorgessa.
Vierschpännich hot dr Bauer zieah lau en äller Ruah –
so ganz schtät,
bis an d' Markongsgrenz, do hot 'r dreht.

Schnupftabakdosa

Zo ma Behälter aus Blech saget mir Büxle,
bloß oamol saget mir Dosa –
zo deam was d' Männer traget en ihre Hosa,
do, mo dr Bries dren denna isch.
D' Nas sei noch'am Schnupfa ganz klar on frisch,
sei net arg teuer, koscht koi Kraft,
's wär bloß a schwarza Leidaschaft.
D' Sacktüachla schmacket net noch Zirenka,
i sag's uf oamol, dia dean schtenka.

Beim Langholzführa

En osrer Jugend war dr Rohschtoff Holz
für d' Gmeinde a Reichtom on ihr Schtolz;
se hot's als Gruaba, -Papier -on Brennholz vorkauft,
de Handwerker – Bauholz, bloß net vom Trauft.
Zom Langholzführa hen d' Baura ihrn Waga
    vorändert,
dui kurz Langwied, dui hot ghendert,
dr Romblock hot müassa drehbar sei,
dr Heckerleng hen se en Fuattertrog nei.
No send se naus, hen glada dia Schtämm,
on wia i mi no guat entsenn,
hot dr Bauer am Schluß da volla Waga kontrolliert,
ob d' Naba guat on er koin Lond vorliert.
No send se am Bahof oder dr Säge zua,
dr Fuhrma nemmt da Faulenzer on da Radschuah
zor Vorsorg – em Fall 's treiba tät,
mit'am Radschuah, do tuat 's Fuhrwerk schtät.
Da Langholzwaga hot 'r müassa om d' Kurva
    schwigga,
da Buggl na hot müassa dr Fuhrma migga.
Des sott mr bei de Leut au könna,
no wär's aus – schiergar da Vorschtand eirenna.

D’ Muckaplog

D’ Freizeit war als Kend schau knapp,
emmer isch mr gwea uf Trapp;
noch dr Schual hosch müassa mit, –
de Viehcher d’ Mucka wehra,
wia oft han i dau dui Bitt:
»I will lieaber d’ Schtuba kehra«.
Oh, i ka’s gar net vorgessa,
mi hen d’ Mucka au schier gfressa.
Zerscht hosch gsuacht en Fedrakiel, –
Gees hen jo em Flecka gschnattert,
no no Breamaöl reacht viel, –
so isch mr naus, i ganz vordattert.
Aohraschützer no fürs Gäule,
an dr Bruscht a Netz,
guat isch ganga a kleis Weile,
no isch worda lätz.
Dr Vadder hot vom Waga gscholta:
»Bisch du zom Ufpassa z’ greng!«,
i han gwißt, des hot mir golta,
’s Gäule hot sich grieba an de Schtreng.
Mit Ach on Krach hot mr vollglada,
mi hätt mr könna em Angschtschwoiß bada.
No isch mr hoim mit deara Fuhr,
am Tag druf de gleich Turtur.

Naut macht erfenderisch

I han eigentlich wölla nex meh vom Krieag repediera,
aber meine Gedanka dean mi emmer wieder
zruckführa.
Mr ka vielleicht beim Leasa vo deane Zeila
a bißle en dr Familie vorweila
on de Kender vorzähla wia's zuaganga isch.
Oft send Leut gsessa am leera Tisch,
viel hen müassa om da Vadder oder Bruader banga,
de oine send gfalla, de andre waret gfanga.
's oizich Kend vom Nochber, dr Fritz
isch au troffa worda vo ma Gschütz.
Älle waret mit Elend on Armuat vortraut,
d' Leut hen selber zammabraut
was se uf- on abrocht hen,
an einiges i mi entsenn.
Sirup hot mr gmacht vo Zuckerrüaba,
oi Kocheta sott mr zom Schpaß nomol üaba;
aus Renderfett kocht Orschlich on Soafa,
vom Butterfaß hot's oft na da Roafa,
weil äll paar Wocha hosch bloß könna Butter rühra
on des henter vorschlossene Türa.
Öl, des wo vom Raps hot exischtiert,
hot mr fachmännisch raffiniert;
Tabak pflanzt on Schäfla eidau,
mit ra alta Nudlmaschena Feischnitt hergschtellt
on 's alte Schpennrad wieder laufa lau.

Mr ka viel, wenn's wirklich fehlt,
d' Leut hen Ähra gleasa en dr Ernt,
d' Naut hot en mancha 's Schaffa glearnt.
Mr war froh, wo d' Franzosa send eimarschiert,
au Tunesier hen se mit sich gführt,
mit ama Turban war ihr Kopf bedeckt,
d' Weibsleut hen dia zerscht entdeckt.
Bloß vom Bilderbuach hen mir kennt dia Figura,
außer de Weibsleut hen se a Freud ghet an de Uhra,
rausgrissa was glitzt hot on glänzlt
on no om da Hearschtall romscharwenzlt,
d' Heaner ab mit samt de Eier –
des war schau a bsonders Gschtaier.
So war dui Armetseelichkeit,
dui deekt oim no ganz guat bis heut.

Zwoi Bezugschei

Uf's Rothaus goht em Schturmschritt d' Klär,
direkt em Schulteß geit se d' Ehr;
en Bezugschei will se hola,
Löcher häbet ihre Sohla,
se lupft da Fuaß on zeigt's deam Ma,
se hot äls turnt on brengt's no na.
»I sieh's, i sieh's, daß drengend isch«,
'r legt zwee Schei glei uf sein Tisch.
»Ah was! glei zwee, wia kommt des bloß?«
»Oiner isch für Schuah, dr andr für a Onterhos«.

Dr Gallot

Uf da Märkt isch Vadder on Bua,
a ma Schtrickle des Öchsle dazua;
desch foil gwea, aber jedafalls z' teuer
on 's Fuatter war doch so knapp en dr Schuier.
Se hen's apriesa älle Leut
on schnell vorganga isch dui Zeit.
Dr Vadder hot derweil eikauft,
ebbes z' esset, Gamäschla on Schuah,
daß 'r was hot – fürs Treiba dr Bua.
D' Gamascha tuat 'r a on nemme aus,
Mit 'am Öchsle laufet se wieder 's Schtädtle naus,
nie übern Buckl, do schteahn se gschwend na,
dr Vadder guckt dean Buaba a,
»oi Gamascha hosch schau vorlora,
da krieagsch dui ander glei rom om d' Aohra«.
No muaß dr Bua des Öchsle führa,
dr Vadder tuat hentadrei maschiera,
läßt d' Peitscha äls weit vüre laufa,
'r sait: »no oamol tua i Gamascha kaufa,
hättsch du reacht zuagmacht dia Lascha, –
du Gallot mit oiner Gamascha.

Dr Sai

Dr Sai on drom rom, des isch a Idyll,
so reacht zom Erhola, ganz friedlich on schtill.
Dia Bänkla dovor ladet zom Sitza ei,
d' Wildeeda gean sich dort a Schtelldichei.
Em Früahjohr bruatet meh als oi Wasserheale
on ussa uf dr Wies blüaht Krokus, lilane on geale.
Em Sommer sieht mr mittla em Wasser Rosa
on tagsüber dean d' Fröschla am Ufer dosa.
Am Obed dean se schreia on quaka,
überhaupt wenn 's Wetter tuat omschlaga.
Zmol kommt dr Herbscht so sachte über d' Schwella,
no geit's em Sai de graischte Wella,
wenn dr Schturmweed drüberbraust
on 's letschte Blatt vom Bom razaust.
Schpaziergänger sieht mr bloß no dann on wann,
dr erschte Rauhreif vorwandlt Welt en Filigran.
En dr Schtuba tuat mr uf dr Wenter harra
on hofft, daß d' Kälte läßt da Sai erschtarra,
no kommet Schlittschuahläufer, Graoß on Klei, –
uf'm Sai isch oifach fei.

Beim Schtoiführa

Em Schtoibruch hen viel Leut vordeant ihr Geld,
mir hen hia zwee, do war's net gfehlt.
Kalch on Saadschtoi hen se ghaua,
de zweite wurdet vorwiegend benutzt zom Baua.
Noch Schtuagert send se mit de Gäul neigfahra
on do send mir os doch em klara, –
dia Fuhrmänner hen müassa bald aus'm Bett,
so zwischa Tag on siehsch me net.
Täglich send se so weit gloffa on hen sich gschonda,
da Weag hen d' Gäul vo alloi schier gfonda.
Em Hoimfahra isch mancher Fuhrma eignickt
on oft da Buckl na ogmiggt.
Au dr Jakob hot gschnarcht uf seim Waga,
drei Generatziona dean des no beklaga,
wo ner ufgwacht isch – oh waih,
schtoht 'r mittla em Bärasai.
A Mißgönner, a Neider, a ograder Gsell
hot dia Gäul gführt an dui naß Schtell;
se send krank worda on eiganga dra.
Des war koi Buabaschtroich
on erscht reacht koiner vo ma Ma.

Neuer Wortschatz

Viel Wörter ganget en ra Epoche vorlora,
dofür wean neue glei gebora.
De Jonge kennet koin Wiesbom,
koin Kompf, koi Brothanga, koi Brecha,
se wisset nemme, daß a Wäschzuber tuat vorlecha,
weil neus Matrial, viel Plaschtik isch in,
bloß aus Noschtalgie sieht mr no Holz on Zinn.
Se saget, desch em Eimer – anschtatt hee,
se saget, tschüs – anschtatt ade,
was soll's, des hoißt, isch grad egal,
guckt oiner nemme ganz normal,
hoißt's, dear hot Tasse net em Schrank.
So goht des weiter durch die Bank,
so word's au bleiba, so lang dr Mensch d' Welt
regiert,
's Alt goht dahin on 's Neu exischtiert.

Dr Uhramacher

Oser Großvadder isch Uhramacher gwea
on mir hen arg viel bei nam gseah,
'r hot Uhra dohanga ghet, älle Modell,
bei de oine isch dr Pendl langsam ganga,
bei de andre wieder schnell,
Wecker mit Glocka dra on römische Zahla,
Taschauhra, do hosch könna damit liega on wahla,
Reklatör zom an d' Wad nahega,
Schpieluhra zom Schtella on Lega,
oine sieh i heut no schtau,
dui hot am ällerscheeschta dau –
»In Lindenau, da ist der Himmel blau,
dort springt der Ziegenbock auf grüner Au«.
Kuckucksuhra rengsrom gschnitzt
on 's Lädle hot's oft ommer gfitzt,
Schtanduhra für noble Leut,
mit Weschtminschterschlag, dean's heut no geit.
D' Johresuhra send gwea aus Glas,
'r hot au no Porzlaaffa ghet on en Has,
dia hen d' Auga zuamacha könna
on viel war no em Lädle drenna, –
Fengerreng, silberne, goldene on aus Duble,
i han seither koine gseah meh so schee,
dia Schtoila hen dren glitzt on gfonklt,
vor de Schaufeaschter hen dia Mädla gmonklt,
hen beschtaunt, bis worda isch duschter,
dia Perlespother on Granatschtoinuschter.

Dr Kondschaft hot dr Großvadder – net jedes hot glacht –
en äll zwoi Aohra a Löchle neigmacht,
deane, wo ’s Geld für a Paar Budola hen riskiert,
manche hen sich beim Neischtecha fascht altriert.

Dr Rentner

’r freut sich schau lang uf da Ruheschtand.
Jetzt, wo dr Wenter isch em Land,
wär ’s Laschtzugfahra nemme schee,
viel besser isch do uf’m Kanabee.
’s isch nex z’ machet mit »Tätsch mr« on dergleicha,
em Gegatoil, ’r will erreicha,
daß älles schprengt, ’r tuat ’s Weib schikaniera,
wenn ’r vom Sofa d’ Befehl tuat diktiera:
»Mr sott Salz schtreua uf’m Bankett,
hen d’ Vögl z’ fresset oder net?!
en Tabak sott i han für d’ Pfeifa,
vo dr Autoscheiba sott weg dr Reifa«.
Sei Weib isch koine vo deane, wo sich tuat ducka,
se sait: »Tua’s selber on pfloatsch net bloß uf d’ Kommandobrucka!«.

Dr Dopf

Mädle du bisch no net zöpft,
hör i da Vadder saga;
uf dr Schtroß word mächtich döpft,
's hot erscht achte gschlaga.
D' Hoor hanget ra, des Döpfle sommt,
mi brengt nex aus dr Ruah,
weil bloß a oizichs Fuhrwerk kommt,
a Bäuerle on a Kuah.
Dr Dopf, dear dreht en graoßa Kreis
on seine Farba raut on weiß,
dia tanzet rom em Grengl.
Mit dr Peitsch word mächtich knallt
bis dr Dopf en Kandl fallt;
i ließt ehn no gearn schwemma,
doch jetzt muaß i mi kämma.

Vor dr Molke

Dr Ähne, d' Ahna oder d' Kender,
dia hen d' Milch forttraga emmer,
dia hot mr könna dahoim am beschta entbehra,
isch d' Kanna z' schwer gwea, hot ois gholfa leera.
Au em Karle hot oiner sei Kanna nuftraga,
dear hot domm guckt, i hör an heut no saga:
»I be doch a graoßer schtarker Bua
on brauch fei do koin Mensch dazua«,
'r hot de voll Kanna packt on isch wieder na
on nomol nuf noch ra kleine Paus.
Des malezös Büable isch längscht a Ma
on gruabt au heut no net arg aus.
Aschlieaßend hen de Alte no batscht mitanander,
's hot jo nemme zom Gschäft pressiert.
D' Kender hen d' Loitrawägele zoga selbander,
d' Jüngleng on d' Mädla, dia hen pussiert, –
zerscht send se behilflich gwea, ganz Kavalier
on emmer gearner send en d' Molke mir.
Mr hot sich äll Obed wieder troffa,
isch mitanander d' Gaß nufgloffa.
Hosch gwißt, hättsch solla au bald hoim,
d' Natur dui hot sich gregt en oim.
Äll Tag isch worda a bißle schpäter,
dia Kerla hen ghebt oin äls oms Gäder,
hosch au net wölla ausreißa mit Gwalt
on d' Muatter hot des gmerkt halt bald.

Bisch hoimgschlicha on helenga nei,
d' Schtieaga hot glei garrt on lang hentadrei,
d' Türa isch offagschtanda schperrangelweit schau,
hosch müassa Red on Antwort schtau.
Mir hen Reschpekt ghet, sich nex traut zom saga,
a Woch lang hosch dürfa koi Milch meh forttraga.

Ronzelich

Wenn da alt bisch, no krieagsch Ronzla
on de Jonge, dia dean schmonzla.
Ronzla hosch rengsrom om d' Aohra
on 's tuat de gar koiner bedaura,
Ronzla rom oms Maul on Kee,
woasch selber, da bisch nemme schee.
Aber was wit macha?
se sollet no fescht lacha,
au dia wean ronzelich on alt, –
no kommt manchs was'ana net gfallt.

Alte Leut

Mit lange Röck on donkle Weschta –
mir deeket se so no am ällerbeschta,
send adau gwea de alte Weibla,
bei Nacht hen dia no ufghet Häubla;
d' Manna schwarze Hosa, ganz derb gschtieflt,
Preisleshemeder schau oft gwieflt.
A donkle Wäsch des hen se braucht,
weil 's Wäscha hot dia ärger gschlaucht;
pflegeleicht on chemisch war ganz obekannt,
bloß Naturfasera: Wolle, Leine, Seide je noch
Schtand.
Mit agschaffte Händ on ronzelicher Haut,
so war mei Ahna mir vortraut.
's Hoor war zo ma Neschtle zammagschteckt,
isch se uf's Feld, hot se's bedeckt
mit ama Schtrauhuat oder Tuach.
Über ihre Lippa isch nia a Fluach,
se send gläubich gwea on fromm
on vom Schaffa schiergar kromm.
D' Auge on 's Ghör waret schau schwach,
em Bett send se oft nächtlang glea wach,
dr Schlof war nemme gsond on tiaf.
Beim Essa hen se da Löffl schiaf
nabrocht bis ans Maul, 's hot trialt;
's Trenka hen se bloß no gwärmt, nemme küahlt.
Gloffa send se schtät, meh gschlurgt oder täpplt,
hot ehna ebbes gfehlt, hen se sich ufpäpplt

mit Kandlzucker, Glühwei, Tee,
on gschpart hen dia – oh jemene.
Se hen net wenich vorputzt, geschweiga viel,
weil früher hen se ihre Äckerla zahlt uf Ziel,
no hen se könna em Alter nemme prassa –
mir Jonge hen des könna gar net fassa.
Älles hen se dau für d' Kender on d' Enkl,
en Mancha tätet se schtella en Senkl,
wenn se sähtet, wia's zuageng heut uf dr Welt –
d' Menscha wean schleachter je meh se hen Geld.

X

A Kocheta

Noch dr Hauzich isch des Päärle sich oanich gwea, –
sott amol ebbes en ihrer Ehe gscheah,
a Flirt, a Ehebruch oder dergleicha,
no täta se en a Säckle als Zeicha –
er a Erbsa on sui a Lensa,
am Schterbebett zähla wia d' Menza.

Mo no amol ois krank gwea isch,
no hen se 's Säckle uf da Tisch.
Dr Ma hot a Bodadecket Erbsa zeigt,
s' Weib hot dr Kopf zor Seite gneigt,
zwu hot sui ghet on no war's aus.
Ihr Ma war beschämt vo ihrer Treue,
's Weib sait on zeigt koi arga Reue:
»I han em Krieag a Kochet raus«.

’s Schüsslbritt

Vor jedem Küchefeaschter war a Schüsslbritt;
zom Küahla hot mr Sach nausgschtellt, äls au
vorschütt.
’s Melkgschirr isch drufgschtanda on a Kischtle
Peterleng,
frischgwäschene Schuah, ’s war oft schier z’ eng.
Putzbürschta, Lompa, da Krauthobl au, –
heut siehsch koi Schüsslbritt hanga on nex meh
druf schtau.
Früher hot mr Sach nausgschtellt an d’ Luft so klar,
doch weil dui jetzt isch furchtbar rar,
hebet d’ Leut henna ihr Sach uf, se send gscheit,
des isch koi so arga rosicha Zeit.

Gugommer

Jetzt isch Sommer
sei koi Dommer
gang gschwend ommer
hol rei en Gugommer
vo dussa vom Garta
i kas net vorwarta
no hobln i ei
des Salätle word fei.

Zwoimol en dr Woch

Äll Tag kocha, guat on gnuag,
Überzwerchs zom Siada, zom Brota vom Buag,
desch a Ufgob für a Weib,
meh als bloß a Zeitvortreib.
Z' teuer soll's net sei on au net z' fett,
möglichscht noch dr Kaloriatabell,
on i tät macha de graischt Wett,
daß jedes Weible isch so hell
on tuat au a Essa für zwee Tag macha –
Sauerkraut on solche Sacha.
Au d' Liesl hot des sicher gwißt,
daß mr Kraut äls gwärmt gearn ißt,
bloß em Guschtl hot's da Appetit vorschlaga,
des Kraut, des liegt ehm heut no em Maga;
se hot äls gmacht en reachta Schlag, –
zwoimol en dr Woch für je drei Tag.

Beim Zaharzt

A alter hagebüachaner Bauer
kommt zom Zaharzt nei;
»I han deekt, vo langer Dauer
soll mei Gebiß jetzt sei«.
»Warum, wieso, stimmt etwas nicht?«.
Dr Bauer, der vorzieaht sei Gsicht,
»mei Krona isch ganz ruiniert«.
»Wie ist das denn nur passiert?«
»A Göckele han i gessa,
des sott net schada noch meim Ermessa«.
»Davon kann es bestimmt nicht sein,
oder essen Sie Hähnchen mit Haut und Bein?«.
»Jetzt schwätzet Se no koin Firlefanz, –
zwee Röhrlesknocha send no asaganz«.

Gfangene

Henter Schloß on Riegl oder sonscht sicher
vorschoba,
so hot mr emmer d' Weihnachtsguatsla ufghoba.
Au em Karle sei Muatter hot d' Schprengerla en
Kaschta gschlossa;
dr Bua hot's gmerkt on war soo vordrossa,
'r hot mit ra Kreida am Kaschta notiert
on gega oschuldige Insassa proteschtiert.
Sei Muatter hot's gleasa on beim Ablick bebt –
»Ihr Gefangene seid getrost, euer Erlöser lebt«.

Schlagfertich

Dr Schultheß isch frisch uf seim Poschta;
'r will ens Gschpräch komma mit de Leut,
no ka's au a paar Menuta koschta –
zom Kennalearna braucht mr Zeit.
So isch 'r grad vom Rothaus komma,
'r sieht, daß do a Fuhrwerk kommt,
hot sich au gar net lang bsonna
on frogt dean Bauer promt,
dear lauft a Schtück em Ochs voraus;
»Wohin des Wegs ihr zwei?«
Em Wilhelm, deam fahrt's no so raus:
»Mir geahn am Dritta vorbei«.

Dr Aberglaub

An de Sommerobed em Auguscht,
oh! do war's oim wohl om d' Bruscht;
d' Nochber send gsessa älle vorm Haus,
vorbeighuscht isch a Fledermaus.
D' Hondstäg send am Obed schee,
tagsüber bisch halba hee.
Hosch ghorcht, wia a Grilla zirbt,
warsch reacht froh, daß koiner schtirbt,
weil do wo a Keuzle schreit,
do hätt's emmer kranke Leut –
saget de Alta mit ihrm Aberglauba
on dear könnt oim da Vorschtand schier rauba.
Mr soll net wäscha zwischa de Johr,
's gäb sonscht en Daoda sell sei wohr;
am Mittwoch net amol a Viehch eikaufa,
's tät zo nex Guats auslaufa;
goht oim a schwarza Katz übern Weag,
dui breng au a Oglück zweag;
mr soll net vor'am Geburtstag gratuliera,
des könnt zo ra Kranket führa;
hörsch da Kuckuck schreia em Feld,
soll mr schnell rühra en seim Geld, –
a Johr lang geng oim 's Geld net aus.
Dia Schlußeila hot mr müassa schmeißa übers Haus.
Dr dreizehnt em Monet word au vorwaischt,
do isch gebora bei mir dr Klaischt,

on beim andra war am Mittwoch d' Geburt, –
i han's net vorheba könna – des wär gwea absurd.
So kommsch nei en Situatziona,
wia willsch do da Aberglaub schona,
do muasch schtella halt da Ma –
drom isch's bescht, da glaubsch net dra.

Wäscha oder flicka?

Noch ama längera Wirtshausufenthalt
kommt dr Otto hoim on lallt:
»W, W, Weib i muaß dir zwu F, Froga schtella,
wursch jo nex vo beidem wölla,
aber 's muaß halt drengend sei;
jetzt horch hear – du, heidanei,
möchscht lieaber wäscha oder flicka?
oder soll mr's ge Reinicha schicka?«.
»I wäsch selber osre Sacha«,
on no tuat dr Otto lacha,:
»Desch mr reacht – i tua di bitta,
sonscht hätt i halt des Schtück rausgschnitta.
En meiner Onterhos sieht's lätz, –
entweder tuasch wäscha oder setscht ei en Plätz«.

Dr Wohlschtandsmüll

D' Milch kauft mr paschtorisiert en Beutl on Dosa,
's Öl on dr Essich send en Wegwerfflascha,
en dr Tuba isch 's Tomatamark für d' Soßa
on d' Orascha send en so ra Netzlestascha,
d' Eier send ema Behälter aus Styropor,
en Tragtascha isch Persil, Fewa on Dor.
Früher war des en de Oimer on Säckla
on gega dia Körpergschmäckla
hosch vo koim Antischpray on Deo gwißt,
d' Leut hen sich oanaweag möga on au küßt.
Guckt mr bei dr Schperrmüllabfuhr zua,
do kommsch gänzlich aus dr Ruah;
Bettlada, Käschta, Polschtermöbl
schmeißet Reiche weg on 's Pöbl,
Wäsch on Schuah, ganze Montura,
des geit em Flecka arg viel Fuhra.
Schpielzeug, Bodateppich, Räder
– äll vier Wocha sieht's a jeder –
wean ufglada schau früah am Morga,
de Behörda macht des Sorga,
weil d' Problem dia kommet hentadrei, –
dorom kaufet mit Überlegong ei.

Kraut eihobla

Wenn dr Neabl gwallt isch übers Feld
on d' Herbschtsaat war schau wohlbeschtellt,
wenn dr Garta gschort gwea isch on d' Säck gwäscha,
no hot mr höchschtens müassa no drescha.
Aber vorher hot mr 's Kraut eigschnitta
en a Schtanda, graißer no wia a Bütta.
's Kraut hot mr vom Krautbauer gnomma,
äll Herbscht isch dear schau zo oim komma.
Mr hot's glagert a ma gschickta Örtle
on mit dr Krauteischneidre gschwätzt a Wörtle;
dui isch komma zo oim ens Haus,
no hot's ghoißa, d' Socka aus.
Oi Bua hot müassa d' Füaß wäscha halt
on Kraut eitreppla, 's war furchtbar kalt.
A Händle voll Salz isch drüber komma,
no hot mr wieder vo frischem begonna,
gwattet on gschtampft bis Wasser hot gea
on zletscht isch mr oba an dr Schtanda gwea.
Mit Tuach, Brett on Schtoi isch adeckt worda,
nagschtellt en Keller, möglichscht noch Norda,
no hot dr Säureprozeß schtattgfonda,
weil erscht danoch tuat's richtich monda.
Da ganza Wenter, äll Woch hosch könna druf warta,
war Sauerkraut uf dr Schpeisekarta.

Bei mir nia

Dr Adolf on dr Chrischtian, des waret guate Freund,
se send au so a manches Mol am Bier gsessa voreint.
Se hen gschwätzt on gfuggert, so wia eh on je,
domols hot sich's oms Gäule dreht, – des war so
fromm on schee.
Dr Adolf hot's gearn wölla, dr Chrischtian vorkauft's.
'r frogt oft noch seim Befenda: »Wia frißt's
on au wia lauft's?«
Dr Adolf, dear isch zfrieda, – bis ama scheena Tag,
'r goht en Roßschtall nei, – no trifft ehn fascht
dr Schlag.
Nex wia na zom Chrischtian, dear muaß als erschter
wissa,
»du, sait dr Adolf narret, du hosch mi aber bschissa,
dr Schemml isch vorreckt, kasch glauba oder bleiba
lau«,
druf sait dr Chrischtian: »Des hot 'r bei mir gar
nia dau«.

A Nommer graißer

Früher war em Wenter bloß d' Schtuba warm
on d' Küche halt vom Kocha.
Dr Aiern, dr Abort, daß Gott erbarm,
do hosch vorfrora d' Knocha.
Erscht wenn d' Scheiba bis oba voreist gwea send,
no hot mr en dr Schlofschtuba en Ofa azend.
Badet hot mr halt en so ra Wanna,
mr hot au älles überschtanna.
Uf'm Abort war's am schlemmschta – wia i sag,
dear war meischtens hentr ma Brettervorschlag.
Mr hot halt a Häfele gschtellt onters Bett,
no hot mr's könna benutza oder net.
Au d' Mariebasa hot's emmer so gmacht,
bei de ihre hot oi Haf net glangt en dr Nacht.
Dr Marie isch des Deng zmol z' domm,
sui isch glei ens Schtädtle nom.
Se hot en graißera Botschambr gsuacht,
's isch älles oi Moß oh vorfluacht.
D' Vorkäufre kommt mit ra Auswahl rei,
no macht d' Marie da graischta Schtroach,
se sait: »Fräulein, dia send älle z' klei,
wo deeket Sia denn na, –
i han faif Kender on en Ma«.

Dr Fanatiker

Äll Sonntich isch em Zorn on voller Wuat
dear Ma naus mit Schtock on Huat.
’r will sei Äckerle vorschona,
’r moint, des tät sich sicher lohna.
Dia Äbira wo ner pflanzt hot on des Kraut
wäret an oim Sonntich ganz vorsaut, –
wenn se daneabet Fuaßball schpielet schau Johr
om Johr,
do sieht ’r für sei Gmüas a Gfohr.
Flieagt ens Ländle nei dr Baal
on Schpieler sauet zwee an dr Zahl
henadrei, geit’s a Gwatt, a Trepplerei.
Dui Ärbet, dui isch jetzt vorbei,
’r schmeißt selber dr Baal ens Schpielfeld retur, –
zmol isch der Ma begeischtert, empfendet’s
net als Gschur.
Äll Sonntich hot ’r halt sei Ziel,
ob weaga’m Acker oder weaga’m Schpiel?
’s war zom vorrota nemme schwer,
’r isch no naus, wo dr Acker schau leer;
on Mitglied isch ’r worda em Schportvorei,
bei älle Auswärtsschpiel war ’r dobei.
Sei Äckerle hot ’r de Schportler vorschrieba
on wenn i sag, ’s isch net übertrieba,
wenn sich’s hätt weaga’m Alter no gschickt, –
dear Ma hätt am lieabschta selber no kickt.

Familiagemeinschaft

Pfreand, Ausdeng oder Altatoil,
je noch Landschtrich hot mr so gsait,
wenn dr Hof für da Jonga isch worda foil
on sich zruckzoga hen de alte Leut.
A Rente hot früher koiner krieagt,
se hen sich mit'am Essa on Trenka begnüagt.
Gschafft hen se äll Tag wia vorher au,
bloß hen se jetzt d' Jonge ebbes gelta lau.
D' Ahna hot kocht on d' Enkl ghüatet,
dr Ähne hot gschrotet on 's Roßgschirr gnieatet.
Säck gflickt hen se on Holz gschpalta,
dazwischanei a Weile ghalta,
a Pfeifle graucht on 's Blättle gleasa.
Vom Birkareis hot dr Ähne gmacht Beasa
fürn Hof, d' Schuira on da Schtall
on d' Ahna hot en jedem Fall
da Garta gschafft wia koina so,
Beer, Gmüas on Bloama war dr Loh.
Se hen an oim Tisch mitanander gessa,
au manchmol isch dr Hader gsessa.
Problem des hot's schau emmer gea,
bloß isch ois fürs ander no do gwea.
Ohne Kendergarta on Altersheim isch dort ganga,
noch deara Zeit hen viel Alte Vorlanga.

’s Ziefer

Weislich eigricht isch d’ Natur,
für d’ Menscha, Pflanza, Kreatur.
Wenn’s nemme z’ kalt isch – on no net z’ warm,
no schtellt sich Nochwuchs ei – net bloß uf ra Farm.
Uf’m kloinschta Bauragüatle en meiner Kenderzeit,
hot’s älle Gattonga ghet geganüber heut:

D’ Schtuata hot gfohlt, ganz heimlich on schtill,
d’ Gas hot mr uf Eier gsetzt, uf möglichscht viel,
d’ Katz tuat ihre Kleine omquadiera –
net omsonscht dean mir dui Red äls führa:
»Dui brengt’s doher, grad wia d’ Katz d’ Jonge«,
se packt’s en dr Anka, raus heget dia Zonga,
se schloipft’s irgend en a anders Eck.
Gluckere kommt mit de Bibela aus ihrm Vorschteck,
se läßt älle onterm Gfieder raus,
se scharrt deam Chörle, lockt’s vors Haus.
Jonge hot em Schtall au d’ Sau,
a Dutzed – do isch nemme mau,
zom Saufa hot a jedes Säule
’s gleich Dittle emmer en seim Mäule.
Se neschtet rom on nom em Schtälle,
beim gsonda Schlag, do glänzt des Felle.
Dr Hond hot au en seim Revier,
Hondla so a Schtucka vier;

send bloß Baschter, koine rassareine,
ehm isch gleich – des send de seine.
Kälbla geit's emmer des isch wohr,
net bloß em Früahleng – dia kommet 's ganz Johr.
D' Eedla, desch a ganz netts Gschmois,
draus ganga isch selta ois.
A Schäfle hot mr ufgsugglt mit'am Schoppa
on wear hätt wölla desweaga foppa?
Dr Hof, dear isch voll Leaba gwea –
beim Schtallausmischta hot mr's gseah,
d' Säula hen em Boda gwualt
on sich nochher en dr Pfitze akuahlt,
's Fülle hot Sätz gmacht on war mugger,
des isch bis an d' Haustüra weaga ma Zucker,
d' Gas hot da Kraga gschtreckt on gschnattert,
oser Brüderle hen mir manchmol baddert,
des hätt solla noch de Bibela seah
on em Augablick war's gscheah, –
d' Katz hot ois gschnappt, isch uf on dovo,
se isch halt a Raubtierle emmer no.

Ontram Dach, do hen no Tauba gurrt
on bei's Nochbers hot a Kendle gsurrt.
On über des hen au no d' Schwalba gnischtet
on koina vo älle Müattra hot sich brüschtet,
's Gebära on Erzieha isch schwer aber a
Selbstvorschtändlichkeit,
sonscht schtürbtet Tierla aus on d' Leut.

Vormischte Bräuch

Früher isch 's Bsuachmacha meh Mode gwea,
obwohl 's dort hot wenich Auto gea;
's Neujohr hot mr dr Dota on em Döte gwaischt,
dr gsonde Leib, dr Frieda on dr Heilich Geischt.
A Götlesbrezl graoß on rond,
se hot gwoga zwoi, drei Pfond,
hot jedes Kend krieagt ovorlangt,
se isch vom Arm bis uf da Boda ghangt.
A Woch lang hot mr dra gessa,
se isch schier vortrocklt,
äll Morga hot mr a Schtück en d' Milch neibrocklt,
mr hot se ufbäht em Bachofa schnell,
zletscht isch se schwarz gwea anschtatt hell, –
doch emmer no besser als Habersuppa,
hosch müassa koine Schpelza schlucka.
Zemlich Kuacha hot's bloß an dr Kirbe gea,
a Säle hot mr äls ois gseah;
des Wort »Säle« schtammt no vor dr Reformatzio,
an Aller Seela geit's en manche Gegenda a
Bachwerk no.
So alt send d' Wort on dr Brauch,
mr merkt zwor vo Reform jetzt au en Hauch,
a Götlesbrezl geit's nemme on Kuacha geit's emmer,
vom Neujohrwaischa glitzt bloß no a kloiner
Schemmer,

’s Gsondheitsaga sei au nemme Sitte,
des sei’s gleich, als geng oiner henta durch d’ Mitte,
neuerdengs sait dr Pfarrer au anschtatt Weib jetzt Frau.
Aber mi tuat so ebbes arg vordrieasa,
mr ka doch no Gsondheit saga beim Nieasa,
daß da gsond bleibsch hilft ’s Saga ganz gwiß net,
aber no dürfsch net »Got Nacht« sa, wenn neigohsch ens Bett
on net zom Geburtstag gratuliera,
net »Grüaß Gott«, wenn reikommsch zor Türa.
I moin, des sei koi schleachta Gwohnet
übernomma vo de Alta,
mir sottet dia Bräuch doch weiterbhalta.

Vorsorglich

Dr Bauer leabt net vo dr Had ens Maul,
'r muaß Vorrot han für Kuah, Sau on Gaul.
Des fangt em Früahjohr beim Säa a;
d' Fläche hot 'r ufgschrieba schwarz uf weiß,
was 'r mit Mischt on Gülla denga ka
on was 'r schpritza muaß gega d' Läus.
No kommt dr Heuet rei ens Land
on viel Leut isch ganz obekannt,
wia lang mr do guat Wetter braucht, –
sonscht isch 's Heu hee on dr Bauer gschlaucht.
Für viel Mäuler muaß mr d' Schuira fülla,
net bloß mit Heu – oms Hemmlswilla,
no kommt dr Woiza, Haber, Gerschta rei
on 's Schtrauh soll au net lommelich sei,
net daß breischtlt, mr waischt's koim.
Em Herbscht kommet au no d' Angerscha hoim,
do schtoht mr do, oft ganze Wocha,
am Obed moint mr, 's Kreuz sei brocha.
Dear, wo Äbira hot, tuat dia zerscht raus,
no isch d' Schuira voll on 's Haus.
Da Moscht, dean tuat mr zletscht en Kearn,
no sieht mr em Wenter entgega gearn.
No ka mr eischtreua on fülla dia Bäuch,
des isch äll Johr beim Bauer 's gleich.
Bloß d' Witterong isch onterschiedlich,
d' Leut wäret aber gwiß net friedlich,

wenns se ’s Wetter könntet macha, –
do tät’s äll Tag mächtich kracha.
Bei jedem Wetter muaß dr Bauer on d’ Bäure sorga,
dia könnet net leaba vo heut uf morga.

Vorschtellong

A Ma dear muaß en Atrag hola,
’r will Brennschtoffbeihilf für seine Kohla.
’r goht uf’s Rothaus – nei ens Vorzemmer,
’r macht schau johrelang des emmer;
bloß isch dui Perso für ehn heut fremd,
dear Ma woiß wia mr sich benemmt,
’r schtellt sich vor mit Nama desweage,
dear Lehrleng word raut on vorleaga.
»Mädle, gell do kommsch net mit,
i moin net di, – i hoiß Lachnit«.

Beim Glockaläuta

Früher hen net schau d' Kender a Armbanduhr ghet
on net aloi weaga dr Uhrzeit, – au weaga'm Gebet
hen zo ganz beschtemmte Zeita
d' Glocka müassa vom Kirchturm läuta –
weil d' Leut send uf'm Feld dus gwea
on hen oft net amol da Kirchaturm gseah.

Als Kender hen mir em Mesner gholfa,
schau beim erschta Läuta, meischtens am olfa.
D' Schtieaga bisch nufgsaut wia a Katz,
's isch ällamol gwea a mords Rabatz.
Dr Mesner, d' Buaba on d' Mädla
hen zählt on 's Soile zoga.
Nochher hosch nausguckt zo de Lädla
on nagschpuckt hoch em Boga,
wieder d' Schtieaga na, uf oamol gnomma a paar
Tritta.

Am viere hot mr zom Veschper glitta,
am Obed no no uf'am Märga
zom Ausgruaba vom Schaffa on Werka,
d' Kender hen no vo dr Gaß rei müassa.

’s Sonntichläuta tuat d’ Woch beschlieaßa,
’s erscht, ’s zweit on zom Kirchgang,
dr Mesner hot oim gsait wia lang.
Am Mittag zo dr Chrischtalehr,
do hot mr wölla nemme hear,
meischtens hot d’ Muatter tribeliert,
weil mir hen ebbes anders em Schild äls gführt.

Au bei de Hauzicha on Leicha
hosch dürfa net vom Mesner weicha,
do hot mr Hefakranz krieagt oder Geld
on selba Tag dürfa dahoim bleiba vom Feld.
Des isch jetzt älles nemme so,
isch des wohl weaga’ m Schtondaloh?

I moin, des isch aber wirklich schad,
weil mir hen braucht koin Trimm-Dich-Pfad.
Elektrisch goht heut halt ’s Geläut, –
d’ Kirch goht oifach mit dr Zeit.

Widmung für den Jahrgang 1932–33!

Dr Schwob word erscht mit 40 gscheit,
so wia des gmoint isch, – woiß i heut,
do dreht sich's net oms Rechna, Leasa,
sondern om des fleißich Wesa.

Mit 40 merkt mr on schpitzt d' Aohra,
daß mr net bloß zom Schaffa isch gebora.
Weil ab on zua, tuat 's Herz oim klopfa,
jetzt muaß mr neahma Magatropfa,
a Prothes brauchsch nei ens Maul,
d' Schläf word grau wia bei ma Gaul,
d' Figur haut om oi Nommer daneaba –
so langsam kommt's: Was hosch vom Leaba –?

Schau oser ganza Jugendzeit,
wie ärmlich war dui gega heut,
mir hen doch müaßa Heilkräuter pflücka
on de Soldata Kniewärmer schtricka;
Lompa, Eise on Papier,
a jede Woch hen gsammlt mir;
beim Kartoffelkäfersuacha, wia hen mir gschwitzt,
domols hot koi Bauer gschpritzt.

Tag on Nacht, i ka's net vorgessa
send mir oft schtondalang em Keller gsessa,
ens Bett bisch gleaga mit dr ganza Montur
nächtelang, tou-jour, tou-jour.

Bloß des muaß i jetzt au no saga,
wia hen mir os trotzdeam vortraga;
hot os ebber a Kleinichkeitle gschekt,
i glaub, daß gar koim länger deekt,
i woiß no jedes Taschatüachle
on jedes kloi Kalenderbüachle,
wo i han krieagt, des war a Glück
on wia lang liegt schau älles zrück?

So schnell goht rom voll oser Leaba,
i will Euch bloß dean Rot no geaba,
deeket dra, – on tuan's reacht nützza,
dr Herrgott möcht no lang Euch schütza,
trenket a Viertele, tuan senga, laeasa on lieaba,
zor Abwechslong han i des Büachle für Euch gschrieba.

’s Alibi

»Hosch meine Hausschuah gseah mei Kend?
I woiß net, wo dia wieder send;
vo de Buaba hot jeder seine oigne am Fuaß,
des isch a Zeicha, daß du dia han muascht,
du krieagscht a Schtrof on koi Schoklädle«,
sait d’ Muatter ernscht zo ihrem Mädle.
Jetzt suachet se mitanander d’ Schuah,
beschlieaßet no a Wett dazua;
zmol bleibt ’s Mädle schtanda, guckt noch onta
»i han deine Hausschuah gfonda!«.
»Wia kommet dia bloß vors Vadders Bett?,
deam passet se doch ganz gwiß net«.
D’ Muatter braucht sich net lang bsenna,
hätt se vo de Schuah doch nex gschwätzt.
»Mama, wia isch des ganga,
ka i’s erfahra jetzt?«
»Geschtern nacht han i zom Fenschter nausguckt«,
des fallt ihr grad no ei –
oi Glück, daß Vadders Bett en Fenschterplatz
nemmt ei.

Dr Gsellschaftsausflug

's isch schau Gwohnet jedes Johr,
daß mr en Ausflug macht.
Vorei, des geit's jo wirklich viel
on au net wenicher Reiseziel,
daß mr dahoim bleibt, des wär glacht.
So goht äls zerscht dr Hondsvorei,
dr Schwemmclub fahrt bald hentadrei;
d' Schpieler vom Naturtheater on dr ADAC,
dia fahret drei Tag fort, des isch doch d' Höh.
D' Bauersfraua, dr Kirchachor,
dia nemmet au a Reis sich vor;
d' Milchvorwertong, dr Gwerbvorei,
älles muaß em Ausflug sei.
Mr will au ebbes seah vo dr Welt
on onter d' Menscha muaß au 's Geld.
D' Freud, dui isch jo emmer graoß,
wenn mr vo dahoim isch laos;
mr isch vorwondert, sieht on schtaunt,
mr isch beeidruckt, frohglaunt,
weil jeder Ort hot seine Reiz,
em Schwobaland wia en dr Schweiz.

Guat gessa word on des net wenich,
zom Abschluß schpielt äls a Kapell,
mr fühlt sich oamol wia a Kenich,
mr woiß, dr Tag vorgoht so schnell.

Isch uf dr Rückkehr mr no wieder
on hot schau müad sich omegschaut,
’s zapplt schau en älle Glieder,
d’ Hoimet kommt, se isch vortraut.

On älle für dui Fahrt no danket,
bald druf, do liegt mr au em Bett,
am schönschta isch halt doch dahoim,
isch wohr des – oder net?

Vielleicht au zwoimol

’s Autofahra isch guat on reacht,
bloß word’s dobei em Andreas schleacht,
’r bricht was dren isch en seim Maga,
sei Muatter tuat dorom saga:
»Bua iß koin Schoklad meh, jetzt isch Schluß!
wenn schpuka muasch, hosch koin Genuß«.
»Schtemmt net Mama, i eß weiter glei,
oamol goht’s emmer am Gauma vorbei«.

Dr Spätzlesschwob

A jongs Weible schtoht am Herd,
macht Spätzla grad so guat se ka,
noch altem Brauch für ihrn Ma.
Se deekt bei sich, wär des doch fei,
a Abwechslong dazwischa nei;
se goht am nächschta Tag glei hear,
macht Pomm frit zo ihrm Sauerkraut.
Ihr Ma hot kaum de Auga traut,
'r hot nex gsait, 'r hot bloß guckt
on nochanander nontergschluckt.
's Weib isch dr Asicht – 'r hot's möga
on tuat schau weiter überlega,
was se no älles kocha ka
on fangt d' Woch schpäter wieder a
mit ama guata Käsuflauf, –
jetzt erscht begehrt ihr Ma reacht uf:
»Sag Weib, was isch mit dir denn bloß?,
i be koi Schweizer on koi Franzos,
was fangscht denn du für Mödela a,
dia i doch net vertraga ka«.
'r sait sachte, gar net grob:
»I be on bleib a Spätzlesschwob«.

Net zom Ersetza

's war 1942, i han's no em Senn,
wo osere Glocka fortkomma send.
Viel Leut hen vor dr Kirch vorweilt,
am Schluß hot älles zammagheult.

Oi Glöckle hot dürfa uf'm Kirchturm bleiba;
i ka dui Trauer net beschreiba,
wo de Leut em Gsicht hosch könna aleasa,
weil send jo net bloß d' Glocka gweasa.

Se hen d' Gäul on d' Männer gmuschtert,
toilweis sogar d' Mädla kuschtert.
Als Kend schau hot mi des deprimiert,
zo was mr au en Krieag bloß führt?
Des hot sich domols mancher gfrogt,
worom mr au so d' Menschheit plogt.

D' Soldata send gfalla, d' Gäul hen se vorschossa,
noch'am Krieag hot mr neue Glocka gossa,
hot's wieder uf da Kirchturm zoga mit Freud –
doch wia isch ganga mit de Leut?
Dia hot könna neamerd ersetza, do geit's koi
Maschena,
des soll os zor Warnong diena.

’s Bachhaus

’s Bachhaus am Kirchplatz desch a Ort,
dean werdet viel net vorgessa,
mr war wia en dr oigena Schtuba dort,
hot warma Zwieblkuacha gessa.

’s nuibacha Brot hosch hoimgführt mit’am Waga,
dr Ernscht on d’ Hocha Nana hens ihr traga –
zerscht en Bauscht, no d’ Schüssl uf da Kopf,
en dr Had en Hefezopf.
Äll Woch hosch bacha eaba
’s Brot, vielleicht no Wecka,
manchs Loible isch do naus daneaba,
hosch oft selber müassa schtrecka.

So isch no heut bei reich on arm –
mr isch do gearn, wo’s rauskommt warm.

Omgebong fremd

Zwee Freund send mit ihrm Motorrad fort,
se treibet's z' arg mit deam Schport.
Zmol hot's dia aus dr Kurva naus –
bewußtlos landet se em Krankahaus.

's Bewußtsei isch bald wieder komma,
doch dr Kopf isch no a bißle benomma;
oiner dovo hot müassa uf's Klo,
'r suacht em Flur on woißt net wo,
jetzt liest 'r – vis a vis des Gan-ges Pissoir –
wo mir send – isch älles klar.
'r rennt zrück zom Freund ens Zemmer
on berichtet omächtich schier: »En India send mr«.

D’ Jäger

Em Nochberflecka geit’s en Vorei,
des triffsch net glei äll Tag;
d’ Mitglieder müaßet Jäger sei
on Karle hoißa – wenn i sag.

Wenn dia so fescht beinander sitzet
word’s Mitternacht fascht emmer,
da Aschtand sieht do koiner am andra Morgadämmer.
Des send no Optimischta, dia schieaßet net glei scharf,
i glaub, daß i en Ausschpruch vo deane saga darf:

»Schöne Frauen, Wein und Federbetten
taten schon manchem Bock das Leben retten«.

Wärsch lieaber Wei, wärsch Wild, wärsch Weib
bei deana Jägersmänner?
I glaub, daß dia äll drei reacht möget,
meim Gfühl noch send des Kenner.

Hopfa zopfa

Siehsch koin Hopfaschtock meh weit on broit,
wia hen mir os doch emmer gfreut
uf's Hopfazopfa em September,
Alte Großmüattra – jonge Schtemper
älles isch gsessa em Scheuratenn
on hot fleißich gregt dia Hän.

Witz hot mr gmacht on Gschichtla vorzählt,
i moin, daß des so Manchem fehlt.
Mr hot sich gfreut bei jeder Zoina,
hosch et arg dürfa omeloina.
Zom Veschper jo, do hot mr gruaht,
wia war dear Moscht on des Gsälzbrot guat.

Wia hot mr sich gfreut uf's Hopfakränzle,
a Handorgler hot äls gschpielt zo ma Tänzle.
Schpäter hot mr Geld fürs Zopfa krieagt,
no war mr erscht reacht vorgnüagt.

Dr Ernscht

Jeden Obed zo schpäter Schtond'
macht dr Ernscht halt no sei Ronde,
en Hirsch, en d' Schwana on Privat,
so wia's ehm en da Kopf kommt grad.

'r goht bloß zom Schwätza fort,
'r sauft net, gwiß – mei Ehrawort,
halt kommt 'r emmer schpot ens Bett
on 's Ufschtau klappt meischtens net.

D' Nochber wißt des, garantiert,
se hen da Ernscht oft ausprobiert.
Am Afang hot 'r gsait, ehm sei's net guat,
schpäter isch 'r soweit komma, – guckt naus mit seim Huat
on mit'am Hemed, no warm vom Bett –
'r geng jetzt uf Schtuagert, ehn treff mr heut net.

A schwere Schproch

Ausländer trifft mr emmer wieder
wirklich gnuag als Ontermieater.
Au dr Willy hot en Italiener,
wenn 'r 'n vorschteend – wär's scheener.

Daletscht hen se sich troffa an dr Haustür,
dr oi kommt vo dr Schicht, dr ander vom Bier;
dr Italiener schlieaßt 's Haus uf,
dear muaß a Schtieaga weiter nuf.
Zmol bleibt 'r schtau on riaft laut:

»Willy, hier hat deine Hund geschossen!«

Dr Willy sait: »Ganz ausgeschlossen«.
Weil 'r dr Sach net traut, tuat 'r sich
überzeuga, was dr ander sait gebrocha,
'r braucht net weit – 'r hot's bald grocha.

Dr Hoimkehrer

Älle Krieagsgfangene waret dahoim,
mr hört zmol Nochricht no vo oim,
mo dear isch komma, des war a Trubel,
a extra Fescht hot krieagt dr Rudel.

Per Auto hot mr ’n vo Schtuagert gholt
on viele Träna send do grollt,
mr hot ’n mit Musik empfanga.

Seine Bekannte hen Vorlanga
a Freud z’ erweisa, ehn eizolada,
selbscht dia, mo waret au Soldata.

Dr Schualfreund Fritz hot’s au so gmacht,
’r bieatet ’s Bescht bis nei en d’ Nacht.
Dr Rudel weicht net, deekt dr Fritz,
des isch dr Alt, dear isch no knitz.
Dr Fritz sait:
»Mir wöllet jetzt ens Bett« –
dr Rudel weicht trotzdeam no net, dear sait:

»En Rußland han i’s müaßa aushalta
en Kälte, bei Wasser on Brot
on ihr müaßt mi heut nacht au bhalta –
i be jetzt do on leid koi Naut.

Onama

En jedem Ort, kasch garantiera,
dean manche Nama dominiera;
daß desweaga koi Vorwechslong geit,
send Onama entschtanda toilweis für d' Leut.

Otuged, Ausseha on au Wesa
send schau a Grond zo ma Onama gweasa.

So mancher trait des mit Humor,
doch kommt's dazwischanei au vor,
daß d' Leut äls beleidigt send
on was mr hört, des saisch als Kend.

So isch's meim Schualfreund Erich ganga,
dean hot amol dr Feldschütz gfanga,
dear hoißt Wolf – doch koiner sait so –
on wia war do dr Erich froh,
mo ehm dr vormeintlich Nama eifalla tuat:

»Herr Loberer, Herr Loberer,
i mach doch älles wieder guat!«.

Dr Feldschütz hot ehn gnomma am Schopf on sait:
»Rolf du bisch a arger Tropf,
i be net dr Loberer, i be dr Herr Wolf« –

»Herr Loberer on i dr Erich, net mei Rolf«.

Dr Schäfer

Früher isch dr Schäfer no durch d' Flura zoga,
was i vorzähl, des isch net gloga,
so manches hot 'r do vorleaba müassa,
heut tät dr Guschtav sicher schieaßa.

'r hot am Wald a graoßa Wiesa pachtet,
wia 'r so doschtoht on uf seine Schäfla achtet,
schprengt oiner aus'm Wald doher –
setzt sich vor da Schäferkarra quer,
schtoht wieder uf, hopft dackelhaft,
hot ganz frech noch'am Schäfer gafft –
dear faßt a Herz, goht net na am Täfer,
a bsonders scharfer To hot jener Schäfer:
»Vorrschwwendd, sonscht word mei Hond jetzt
ghetzt!«

Dear Ma isch schnell en Wald neigwetzt,
a Ruah isch gwea no uf dr Wies,
i tät nia Schäfer werda, des isch gwiß,
weil dear Ma hot nex zom lacha –
a Schäferschtündle kasch au als Schuaschter macha.

Dr Kehrawisch

’s Marielchen uf dr Nochberschaft
war zierlich, kurz a halbe Kraft.
Vier Kender hot se ghet wia d’ Orglpfeifa,
dia hen au Schläg braucht, zom begreifa.
Se hot’s halt mit’am Kehrawisch ghaua,
mir hen des könna net vordaua.

Oamol hot se uf ihrn Fredy glauert,
mei Vadder hot dean Bua bedauert,
’r hot gmerkt, send wieder Hieb foil,
drom sait ’r zom Bua: »Riaf laut:
Mama schlag bitte mit’am hooricha Toil«.

Marielchen war eine Saarländerin.
D’ Schwoba saget Mariele.

Ohne Fedra

Jeder Flecka hot – ’s isch üblich –
en Schpitznama, oft arg betrüablich.
D’ Rennenger send Schnaigees, desch bekannt
beschtemmt em ganza Schwobaland.

Mei Vadder hot os früher vorzählt,
daß a Ma a Gas hot auserwählt,
’r hätt domit gfüllt – grad zwölf Betta –
des war a Schnaigas, i möcht wetta.

Dr Nimmersatt

D’ Muatter dui hot Kuacha bacha,
drom dean au ihre Buaba lacha,
send viere an dr Zahl,
graoß gwachsa on net schmal.
Oiner dovo schafft em Wald,
’»s isch Zeit zom Essatraga bald
– sait d’ Muatter – Schorsch, du kasch ganga,
faifviertel Kuacha wearn langa«.
’r kommt en Wald bald zo seim Frieder,
dear guckt en Korb nei on sait bieder:
»Bloß soviel hosch mir heut do dren?
on de andre könnet essa bis se grad gnuag hen«.

Em Krieag

Em Krieag do hot mr tauscha müassa,
wenn mr hot wölla Moscht genieasa.
D' Leut send noch Nußdorf on Bieticha ganga,
jeder tuat zom Geld no ebbes War vorlanga.

Au dr Emil isch em Tauscha hart gsotta,
'r hot Hausschuah gega Obst abota,
's fehlet bloß no a paar Zentner;
do lauft 'm en Weag a alter Rentner,
deam Ma vorschpricht 'r beim Wiederkomma
Hausschuah gega Moschtobst on Pflomma.

Dr Emil isch hoim, 'r füllt seine Fässer,
d' Zeit word schlemmer on net besser,
'r hot koin Schuah meh uftreiba könna.
's Johr schpäter muaß 'r nomol om Äpfel renna,
'r goht ens gleich Haus wieder nei,
deam Ma fallt aber d' Vorschprechong ei,
'r schpricht ehn a mit Schenderluader,
dr Emil isch gfaßt on net vorschrocka:
»Guater Ma – des war mei Zwillingsbruader«
sait 's oizich Kend – dr Emil trocka.

Hilfe!

D' Basa hot a graoßa Kenderschar,
domols, do war no 's Essa rar,
se hot ihr Rauchfleisch drom vorschteckt,
doch ihre Buaba hen's entdeckt.
Se send helenga en d' Schuira gschtiega,
do dean dia Bretter ognaglt liega.
A Rauchfleischstück hen se vorschwenda lau
on d' Bodabretter schleacht nadau.
Wo d' Basa no isch selber nufganga,
isch dr Boda en d' Höh – sia tuat zwischa de Balka hanga.
Se riaft om Hilf, so laut ihr Schtemm halt tuat,
dr Nochber kommt, dear hot no Muat.
'r guckt des Weib vo onta a,
schprengt uf d' Schtroß, so schnell 'r ka,
'r holt vo dort viele Männer rei –
war's hilfreich gmoint oder bloß zom Schei?

Net wörtlich

I han amol uf Schtuagert müassa;
des Laufa tuat mi so vordrieasa,
drom be i en da Ufzug nei –
net Schtieaga schteiga, des isch fei.
No meh Leut send do drenna gschtanda,
Vädder, Großmüattra on Tanta.
Oi Fraule hot ihr Kendle traga,
i hör dean Ufzugportier saga:
»Wenn i's no au hätt wia des Kend«.
D' Muatter hot a Antwort gschwend:
»Uf ihrm Poschta – daß Gott erbarm,
hot sia no koiner gnomma uf da Arm«.

’s Gebiß

I be en de siebt Schualklass ganga,
dr Lehrer tuat was bsonders heut vorlanga.
’r sait, mir sollet a Rätsel schreiba,
aber bei dr Wohret bleiba –
ebbes wo mir no nia ghört hen.

Erratet – schreib ich, tut nicht stutzen,
wer kann pfeifen und die Zähne putzen?
Ich kann’s nicht Herr Lehrer, aber Sie,
Sie wissen auch warum und wie.

Dr Lehrer liest’s, ich werd vornomma,
doch Schläg han i koine bekomma.

Dr Brand

Mei Großvadder isch em Schwarzwald gebora,
dort hot früher so mancher sei Hab vorlora,
durch en Brand en oiner Nacht
on wenn dr Nachtwächtr hot au gwacht.

Au seim Schualfreund isch älles vorbrennt.
Wo no a paar Tag vorüber gwea send,
läßt dr Lehrer en Ufsatz macha vom Brand,
'r sait: »Jakob, du woisch do ällerhand,
wia mr sich vorhält dobei« –
dr Jakob, dear schreibt ohne Scheu:
»Das Wichtigste kam aus dem Haus,
eine Woche zuvor schon zogen wir aus.
Dann ging es ins Bett, mit Strümpf und Schuh,
mit Pullover und Hose, die Kapp noch dazu,
im Falle es brennt, daß man gleich fertig ist«.
Dr Lehrer hot somit da Brandschtifter gwißt.

Dr Abc-Schütz

Dr Karle isch a Büable, so wia's no viele geit,
doch isch 'r Abc-Schütz, des geit dahoim oft Schtreit.

Uf d' Schualzeit freut 'r sich mächtich,
do goht 'r ganz gearn naus,
bloß Hausufgaba macha,
des send net seine Sacha,
des isch ehm grad a Graus.

Sei Muatter sait 'm viel
on droht mit allerloi,
se sait, du kasch nex learna,
wursch schpäter a Schtroßafeger sei.

Dr Karle guckt se graoß a
on lacht so kendlich froh:
»Mama, wia freu do i mi,
no brauch i nex me do!
weil erscht kürzlich hot oiner
am Kirchplatz ausprobiert,
woisch so en graoßa Besa,
wo ganz alloi marschiert«.

Karle hatte die Vorführung einer
Kehrmaschine gesehen.

D' Kender on d' Narra

Letscht Woch hen d' Kender Zeugnis krieagt,
se waret glücklich no, teil au betrüabt.
I han au des gseah vo meiner Nichte,
»prima« sag i, bisch en Geschichte, –
bloß Mädle – isch dei Schrift net guat?
schee schreiba liegt bei os em Bluat!«
»Doch Tante Lore, i schreib schee,
do könnscht ganz andre Sache seah.
Oine hot en Fenfer en osrer Klass,
ehrlich wohr, i mach koin Schpaß
on woisch, was dui zo os no sait:
sia hätt de scheescht Schrift vo ihre Leut,
drom laß emmer – ohne übertreiba
ihr Vadder an seiner Schtell sia onterschreiba.«

D' Leut, d' Gäul on dr Wei

Mir Schwoba send wia oser Wei,
mir send a bißle herb,
net grad so lieablich fei.
Mir send a bißle Dickköpf
on wearn net warm so glei,
mir send a bißle Schwerköpf,
grad wia a Klötzle Blei.
Mr merkt des bloß am Mundwerk,
do schprudlts net so raus.

Zom Schaffa send mir Kerle,
a jeder will a Haus.
Doch wenn mr os hot gwonna,
kommt d' Wirkong no zor Zeit,
mir send so zuavorlässich,
wia's kaum en Schlag no geit.

Mr soll net d' Leut on Tierla
vorgleicha mitanand,
doch han i vo meim Gäule
dia Zügl en dr Hand,
no muaß Vorgleich i zieha,
do komm i net drom nom.
Guck i deam en sei Gsicht nei,
des isch so ehrlich fromm,

on hot 'r herbe Tag',
des macht ehm gar nex aus,
onterm Sattel wia am Waga, –
's goht net neaba naus.

So send mir Schwoba Menscha,
so isch dr Württaberger Gaul,
net schiefrich on koi Huchmuat
on no viel wenicher faul.
On oser Wei macht au warm,
bloß daß 'n net jeder mag,
drom hend mr was gemeinsam:
send Württaberger Schlag!

Sparzinsen

Dr Döte kommt hoim mit seim Schparbüachle,
sei Neffe sitzt do, 'r macht a Bsüachle.
»Döte was hosch du denn gmacht?«
Dear antwortet on lacht:
»I han meine Zensa eitraga lassa,
woisch, i tua net mei Geld vorprassa.
Hot dei Vadder au ebbes uf dr Bank liega?«
Dear Bua isch jetzt ganz vorschwiega.
Zmol ruck 'r raus – on schnauft uf:
»Bei os liegt meischtens mei Mama druf!«

Ohne Onterschied

Vor dr graoßa Feriazeit
war's emmer au soweit,
daß de neint Klass word entlassa
on mr ka des schier net fassa,
wia dui Zeit so schnell vorrennt
on vo jedem kleina Kend
schtoht a Herr do, graoß on broit
oder a Dämle em Minikleid.

Am letschta Tag, do isch a Abschlußfeier,
dr Schulthes, d' Pfarrer, d' Eltern on Betreuer
send vo de Schüaler glada worde.
Se senget Lieader vo Süda on Norda,
prächtich dean se da Obed geschtalta
on os älle onterhalta.

Mei Neabasitzere dui muaß grad schtauna,
se tuat ens Aohr mir oine rauna:
»Weam ghört au dort dear oine Kerle,
dear, wo schpielt uf deam Gitärrle?«
»I kenn se älle, dia jonge Vorehrer,
doch dear mit dr Gitarr, – jo des isch a Lehrer!«

Die künstliche Besamung

Von ihr spricht man bei uns im Ort,
ist dies nicht ein schrecklich' Wort?
Ach – ich kann es gar nicht hören,
wenn Menschen noch die Schöpfung stören,
sie haben doch Kummer und Sorgen genug,
laßt doch die Natur mit Recht und Fug!

Alte Kultur wollen sie bewahren
und schützen vor Einflüssen und Gefahren,
jedes alte Denkmal wird erhalten,
selbst Versteinerungen werden gesucht
und das Natürliche wollen sie umgestalten –
ich glaub' das bleibt nicht unverflucht!

Gepaart haben sie sich schon im Paradiese,
aber natürlich und nicht so miese!
Wenn Menschen so moralisch sinken,
man braucht nicht mit dem Zaunpfahl winken,
auch gar nichts hin und her vertuschen,
wenn sie ins Heiligste dreinpfuschen.

Selbst wenn es ist auch bloß bei Tieren,
da geht's zu weit, das Rationalisieren.
Daß unser Existenzkampf ist sehr hart,
das brauch ich keinem mehr erzählen,
und wo es geht – ein jeder spart,
ist auch gar nicht mehr zu erwähnen.

Doch wenn der alte Bauernstand
wegen ein paar Farren scheitern soll,
wär' es schlimm in unser'm Land.
Groß ist deswegen heut' mein Groll, –
ich muß dies schreiben hier als Christ
und nicht wie vermutet – als rückständiger Buddhist!

Dr Diebschtahl

Am Morga schau en äller Früah,
isch d' Lina naus zo ihre Küah
on fangt em Eifer z' melket a,
se vormißt gar net ihrn Ma.
Doch wo se will an de zwoit Kuah sitza,
no kommt d' Lina nei ens Schwitza,
se merkt, daß do a Kuah tuat fehla –
»wer ka bloß ganze Viehcher schteahla?«
De Nochber sait se's uf dr Schtroß,
bald schtoht beinander a ganze Blos.
Se rotet hin, se rotet her,
dr Lina isch ihr Herz ganz schwer.
Uf oamol dean se om sich gucka –
do lauft oiner über d' Brucka,
se kennet da Bauer – dear zieaht a Kuah hentadrei,
'r war em Farraschtall, – des muaß au sei.

Flecka oder Schtadt?

’s isch älles nemme des,
dr Schöffl holt koin mehr a mit dr Schees,
uf’m Davidsbergele kasch nemme Schlitta fahra
on oba danna ’s Häusle nemme plotza lau,
mir send os doch do ganz em klara,
manchs Monument tuat nemme schtau.
Dr Dachsbau isch längscht renoviert,
’r em Volksmund bloß no exischtiert.

’s isch älles nemme des,
koine Eeda, koine Gees,
siehsch meh em Kandl schnudera
on em Bach dren pfludera.
Dr Salz-, dr Sad-, dr Schendelesma
triffsch nemme uf de Schtroßa a;
d’ Sieb- on Schirmflicker, d’ Scheraschleifer,
aus isch ganz mit ihrem Eifer;
d’ Bettlma’s-Omkehr, einscht a Platz am Fleckaend,
uf’m Rothaus hebet se heut uf d’ Händ.
Koin Drehorglschpieler, koi fahrends Volk mit Affa,
kasch ahorcha meh on begaffa.

’s isch älles nemme des,
koi Lädle meh wia ’s Hees,
wia ’s Webers, Fischers Jule, ’s Nudlbecka,
au d’ Molkerei liegt uf dr Schtrecka.

’s isch älles nemme des,
koi Klärle meh, koi Rees
schprenget uf da Südbahhof –
abgschafft isch dear, desch doch doof.

Zom Hemml schreiet d’ Küah,
se möchtet wieder en Farraschtall hiea.
Kasch nemme wiega lau en Waga,
außer tuasch em Schtoibruchbesitzer saga.
Mr send au laos da Fleischbeschauer,
i frog me – macht’s a Tierarzt gnauer?
A Feldschütz fehlt zor Sicherheit,
wia hot sich gändert doch dui Zeit.

’s isch älles nemme des,
Gmeinde hot viel Mees,
hot könna baua Schuala on Halla,
a Einkaufszentrom isch erschtellt,
viel Leut tuats bei os ganz guat gfalla,
au wenn ihr Hond reacht teuer bellt.
’s isch erfüllt was brauchsch als Schtadt,
doch i nemm vor mei Maul koi Blatt
on sag: oser Flecka war doch ebbes Schees,
a Schtadt isch oifach nemme des.

Die gewonnene Eiche

Es war im März 1951, der Holzverkauf aus der Gemeinde fand im Schinderwald statt. Es wurden schon eine Woche vorher Liebhaber dazu eingeladen. Der Verkauf ging flott, Bauern und Handwerker, Wagner und dergleichen vom Ort waren gut vertreten. Gemeindepfleger Buck und der Waldmeister boten die Stämme an, natürlich war auch Bürgermeister Bauer anwesend. Alles Holz wurde verkauft, anschließend an den Holzverkauf wurde ein Viertele getrunken und über den Holzverkauf debattiert. Bauer Hackh hatte einen Eichenstamm um 21,– DM gekauft, er meinte, sein Stämmle sei das teuerste vom Tag und sagte: »Soviel Geld Herr Bürgermeister, für dieses leichte Ding, das bin ich ja im Stand heimzutragen«. – »Herr Hackh, wenn Sie das fertigbringen, gehört der Stamm kostenlos Ihnen.« Der Bauer Hackh überlegte sich und sagte: »Wenn wir es zu acht tragen dürfen, dann soll die Wette gelten.« »Jawohl Herr Hackh«, sagte der Bürgermeister, »damit einverstanden«, und sie gaben sich den Handschlag. »Ich gucke nach der Polizei als Begleitschutz, und Sie suchen acht starke Männer.«
Alles war arrangiert, Bürgermeister Bauer machte durch den Ortslautsprecher die Einwohnerschaft auf das Ereignis aufmerksam, die Polizei stand parat um den Verkehr zu regeln, weil der Stamm den

Längenbühl auf der Verkehrsstraße hinunter gebracht wurde. Die Träger wurden vom Bauer Hackh bestellt, sie waren teilweise Verwandte und in Hackh's Augen galten sie als stark.
Sie banden die Eiche auf Stangen mit Stricken fest. Guten Mutes wurde die Eiche angehoben und der Marsch ging los, bald spürten die vorderen Träger den Druck, weil der Längenbühl ein starkes Gefälle hat und der Stamm wurde nach vorne getrieben, aber sie blieben standhaft, es wurde nur Halt gemacht, wenn zwei tauschen wollten und die Last wechseln. Ein Auto brachte Meldung in's Rathaus, wo der Lautsprecher die Gemeindemitglieder laufend informierte, wie weit der Zug ist.
Die Eiche war nun schon am Ortsrand, die Träger hatten 1,5 km, ungefähr die Hälfte der Gesamtstrecke hinter sich. Die Leute säumten die Straße und jubelten, das gab den Trägern neuen Antrieb, denn der Druck wurde erheblich, doch blieben sie zäh und ausdauernd. Auf der Gemeindewaage wurde der Stamm gewogen. Er wog 640 kg. Jeder der Träger war froh, daß diese Verschnaufpause gekommen ist, doch schnell ging es weiter zum Sägewerk Schüle.
Die Begeisterung der Zuschauer nahm zu, weil die Strecke dorthin war nicht mehr lang und man wußte, daß sie es vollends schaffen werden.
Für die Träger war es eine Entlastung als der Stamm endgültig die Achseln verließ.

Der Bauer Hackh bekam vom Sägewerk den Stamm auch noch unentgeltlich gesägt. Die Freude war sehr groß über die gewonnene Wette, auch der Bürgermeister freute sich an dem gelungenen Streich.
Doch dann kam Bauer Hackh an die Reihe, um all die durstigen und hungrigen Mäuler zu versorgen. Er lud ins Gasthaus »Adler« ein, wo noch bis Mitternacht gesungen und gezecht wurde.

Nicht aufgepaßt

Unser Vater war Fleischbeschauer und immer viel unterwegs. Im Winter, wenn der Schnee lag, durften wir ab und zu mit, er fuhr dann mit dem Pferdeschlitten nach Warmbronn, dort hatte er auch sein Amt auszuführen. Aber ich möchte eine Geschichte von Renningen erzählen, die Vater erlebte und zu Hause der Mutter anvertraute.
Im Krieg war es nicht leicht, Fleischbeschauer zu sein, so mußte mein Vater immer die geschlachteten Schweine wegen ihres Gewichts schätzen. Schätzte er zuviel, waren diejenigen die Dummen, denen es gehörte, weil die Leute dann eine gewisse Zeit keine Fleischmarken bekamen; schätzte er zu wenig, so war er bei einer eventuellen Stichprobe daran, sein Amt zu verlieren und nicht nur das, man konnte aus diesem Grund damals ins Gefängnis kommen. Somit hatte mein Vater keinen leichten Stand, aber ich glaube sagen zu können, daß er kein Schwein überschätzt hat und jeder, der meinen Vater brauchte, ist gut mit ihm gestanden, er drückte oft nicht nur ein Auge zu, sondern beide.
So war es auch, als der Philip beim Karl eine Sau – so sagen wir Schwaben – metzgete, mein Vater wurde bestellt. Sehr früh hatte der Philip angefangen, denn als mein Vater kam, hing schon die Sau in zwei Hälften da, zum Stempeln fertig. Der Philip war immer etwas durstig, er hatte mit Si-

cherheit schon einen Krug Most getrunken und stutzte als der Fleischbeschauer sagte: »Philip hoscht scho fescht gschafft, daß zwoi do hanget.« Der Philip kannte meinen Vater und fürchtete sich nicht vor ihm, doch woher wußte der Wilhelm von zwei Schweinen? Die zwei anderen Hälften ließen sie verschwinden, weil ein Tier wurde zusätzlich, das heißt schwarz geschlachtet.
Bevor mein Vater ging, sagte er zum Karl, dem Bauer: »'s nächschte mol hänget er net dia zwoi Hälfta na, wo an jeder d'r Schwanz dra isch.«

Inhalt

Im Verlag Karl Knödler sind u.a. erschienen:

Rosemarie Bauer/Doris Oswald	Do lieg i ond träum
Fred Boger	Aus em Ländle
M. Bosch/J. Haidle	Schwäbische Sprichwörter und Redensarten
Fritz Joachim Brückl	Peterle vo dr Pfaffaschtub
Franz Georg Brustgi	A rechter Schwob wird nie ganz zahm
	Eine kurze Spanne Zeit
	Heiteres Schwabenbrevier
	Kleines Schwäbisches Wörterbuch
	Klang der Stunde
	Eustachius Holderkling
	Lichter spiegeln im Fluß
	Uf Schwäbisch gsait
	Schnurren um Franz Napoleon
	So send se, dia Schwoba
	Zu sein ein Schwabe ist auch eine Gabe
Kurt Dobler	Fürs Herz ond Gmüat
	Onder ons gsait
Norbert Feinäugle	Kleines Reutlinger Lesebuch
Harald Fischer	No so drhärgschwädsd
	Drondernai
Lore Fischer	Von Adam ond Eva bis zu de Schwoba
Dr. Frosch	An schimmernden Gewässern
	Reutlingen aus der Frosch-Perspektive
	Wolkenlücken
	Traumbilder
Bruno Gern	Des laß dr gsait sei
	Sonnaschei und Reaga
	Sonnawirbel
Erwin Haas	Ällaweil gradraus
	Wohl bekomm's
	Uff da Zah 'gfiehld
	Württemberg, oh deine Herren!
Karl Häfner	Alte Leut
	Heimatsprache
	Mier Schwobe wearnt mit vierzge gscheit
	Vom schwäbischen Dorf um die Jahrhundertwende
	Vom Vierzger a'
Georg Holzwarth	Denk dr no
Ernst Kammerer	So isch no au wieder
Karl Keller	Poetisches Hausbüchlein für Schwaben
Otto Keller	Sacha ond Sächla
	Schnitz ond Zwetschga
	's End vom Liedle
Lore Kindler	D'r Spätzlesschwob
Matthias Koch	Kohlraisle
Wilhelm König	A Gosch wia a Schwert
	Dees ond sell *(auch mit Schallplatte)*
	Du schwäddsch raus *(mit Schallplatte)*
	Hond ond Kadds
Kurrle/Marx-Bleil	Gell, do guckscht!
Alfred Leucht	Württemberg vor 500 Jahren
Hedwig Lohß	Aus meim Schwalbanescht

Eugen Lutz	Mei' Wortschatz
Manfred Mai	So weit kommts no
Marianne Menzel	's Kätherle läßt d'Katz aus em Sack
Bernd Merkle	Drhoim rom
	So semmer hald
Helmut Pfisterer	Weltsprache Schwäbisch
Rösle Reck	Älles ischt menschlich
Marie Richter-Dannenhauer	A bonter Strauß Vergißmeinnicht
Ilse Rieger	Oder it?
Sebastian Sailer	Schriften im schwäbischen Dialekte
Adolf Schaich	Jetz isch letz
Hilde Schill	Moosrösle
	s' Schatzkämmerle
Heinz-Eugen Schramm	... Er kann mich hinden lekhen
	Kaum zu glauben ...
	Magscht mi?
	Maultasche
	Wia mr's nemmt
	Tübinger G-W Gogen-Witze
Karl Setz	Dodeldum
Lina Stöhr	Grad zum Possa!
	Hoimetkläng
Wendelin Überzwerch	Erzähltes und Geschütteltes
	Uff guat schwäbisch
	Sprache des Herzens
Werner Veidt	Heiter fällt das Blatt vom Baum
	I möcht amol wieder a Lausbua sei
	Mr schlotzt sich so durchs Ländle
	Oh Anna Scheufele
	(Alle 3 Ausgaben auch in Kassette)
Friedrich E. Vogt	Bsonders süffige Tröpfla
	En sich nei'horcha
	Schwabenfibel
	Schwäbisch auf deutsch
	Schwäbisch mit Schuß
	Schwäbische Spätlese in Versen
	Täätschzeit
Winfried Wagner	Berno
	Bloß guat, daß i an Schwob ben
	Humor auf Schwäbisch
	Mir Schwoba send hald ao bloß Menscha
	Ons Schwoba muaß mer oifach möga
	Schwäbische Gschichta
	Humor auf Schwäbisch
Rudolf Weit	Grad so isch
	Net luck lao
	No net hudla
	Ois oms ander
Willrecht Wöllhaf	... was mir grad en Strompf kommt
Heinz Zeller	De ei'gspritzt Supp

In vielen der Bändchen findet der Leser und Vortragskünstler humorvolle, bodenständige und »bodagscheite« Gedichte, Witze, Anekdoten und Prosatexte zum eigenen Vergnügen und zum Vortragen in fröhlichen Kreisen.